在我热爱的世界上游荡

聂鲁达诗选

[智利] 巴勃罗·聂鲁达　著

赵振江　译

译林出版社

图书在版编目（CIP）数据

在我热爱的世界上游荡：聂鲁达诗选 /（智）巴勃罗·聂鲁达著；赵振江译．—南京：译林出版社，2024.7（2024.11重印）

（聂鲁达诗文集）

ISBN 978-7-5753-0083-4

Ⅰ.①在… Ⅱ.①巴… ②赵… Ⅲ.①诗集－智利－现代 Ⅳ.①I784.25

中国国家版本馆 CIP 数据核字（2024）第 045910 号

在我热爱的世界上游荡：聂鲁达诗选 ［智利］巴勃罗·聂鲁达 / 著
赵振江 / 译

责任编辑　张紫毫
特约编辑　柏丽娟
装帧设计　朱镜霖
校　　对　梅　娟
责任印制　颜　亮

出版发行　译林出版社
地　　址　南京市湖南路 1 号 A 楼
邮　　箱　yilin@yilin.com
网　　址　www.yilin.com
市场热线　025-86633278
排　　版　南京展望文化发展有限公司
印　　刷　南京新世纪联盟印务有限公司
开　　本　850 毫米 ×1168 毫米 1/32
印　　张　11.125
插　　页　4
版　　次　2024 年 7 月第 1 版
印　　次　2024 年 11 月第 2 次印刷
书　　号　ISBN 978-7-5753-0083-4
定　　价　69.00 元

目录

序言

高山意志，大海情怀

——聂鲁达的生平与创作

义务和爱情
是我的两只翅膀
——巴勃罗·聂鲁达

聂鲁达，多么动听而又熟悉的名字，然而它的译音并不准确，准确的译音应该是内鲁达（Neruda）；但诗人自己很喜欢这个“聂”字，因为他说自己有三只耳朵，其中一只专门用来倾听大海。诗人的确有着大海一样的胸怀，大海一样的情感，大海一样的气魄。至于他为什么叫聂鲁达，按照诗人自己的说法，是为了瞒过父亲，因为后者不愿意自己的儿子成为诗人，于是他便从一本杂志上找到这个捷克人的名字，那时他十四岁。

聂鲁达原名叫内夫塔利·里卡多·雷耶斯·巴索阿尔托，1904年7月12日出生在智利中部的帕拉尔城，此地盛产葡萄酒，他的祖辈即以种植葡萄和酿酒为生。1906年他家迁居智利南部的特木科镇；父亲是一名铺路司机，母亲在他刚刚满月时就去世了，幸好他有一位慈祥的继母。

聂鲁达在特木科读中学时便开始写作。1917年7月他在特木科《晨报》上发表了一篇题为《热忱与恒心》的文章，署名内夫塔利·雷耶斯，这是诗人第一次发表作品。从此以后，他不断使用不同的笔名在家乡和首都的学生刊物上发表习作。1919年玛乌莱省举办诗歌比赛，他的诗《理想夜曲》获三等奖。从1920年起，他正式使用巴勃罗·聂鲁达作为自己的笔名。1921年3月，聂鲁达离开家乡到圣地亚哥教育学院学习法语。不久，他的诗《节日之歌》在智利学生联合会举办的文学竞赛中获一等奖。1923年他出版了第一部诗集《晚霞》，第二年他的成名作《二十首情诗和一支绝望的歌》问世，引起智利文学界的瞩目，奠定了他在智利诗坛的地位。紧接着他又发表了诗集《奇男子的尝试》、《戒指》（1926）和小说《居民及其希望》（1926）。

聂鲁达于1927年步入外交界，先后任智利驻仰光（1927）、科伦坡（1928）、雅加达（1930）、新加坡（1931）、布宜诺斯艾利斯（1933）、巴塞罗那（1934）、马德里（1935—1936）和墨西哥城（1940—1942）的领事或总领事。这期间的主要诗作是《大地上的居所》。

1936年6月，西班牙内战爆发。聂鲁达坚定地站在西班牙人民一边，参加了保卫共和国的战斗。正是由于这个原因，智利政府要他离职。诗人怀着极大的愤怒与痛苦回到了自己的祖国。1937年他发表了不朽的诗篇《西班牙在心中》。然后他又奔走于巴黎和拉美之间，呼吁各国人民声援西班牙人民的反法西斯斗争。

1939年3月他被智利政府任命为驻巴黎专门负责处理西班牙移民事务的领事，他竭尽全力营救集中营里的共和国战士，使数以千计的西班牙人来到拉丁美洲。反法西斯战争的洗礼改变了聂鲁达的诗风。他决定将更多的精力放在诗歌创作上。1940年8月他到墨西哥城任总领事，并访问了美国、危地马拉、巴拿马、哥伦比亚、秘鲁等许多国家，写下了许多著名的诗篇。在此期间，第二次世界大战正在进行，英勇的苏联人民正在与法西斯浴血奋战。聂鲁达到处演说，呼吁人们援助苏联人民的卫国战争。《献给斯大林格勒的情歌》和《献给斯大林格勒的新情歌》就是这个时期的作品。

1943年11月，聂鲁达回到圣地亚哥。他在黑岛买下了一处别墅，在那里着手创作《漫歌》。

1945年在聂鲁达的一生中是难忘的一年：他当选为国会议员，获得了智利国家文学奖，并于同年加入了智利共产党。这时候，聂鲁达既感到兴奋和骄傲，又感到忧虑与失望。在巨大的硝石和铜矿区，成千上万没有进过学校、没有鞋子穿的劳苦大众投他的票，然而与此同时，那些衣着华丽的达官贵人却在灯红酒绿中消磨醉生梦死的时光。他经常在荒凉地区最穷苦人家的茅屋里过夜，给他们朗诵自己的诗作，听他们诉说苦难和希望。这样的经历和感受在他当时的诗歌创作上留下了鲜明的烙印。

1946年智利共产党被宣布为非法组织，大批的共产党人被投入监狱。聂鲁达不得不中止《漫歌》的创作。他的住宅被放火焚烧，他本人遭到反动政府的通缉，被迫转入地下，辗转在人民中间。在此期间，他创作了长诗《1948年纪事》，并最终完成了《漫歌》。

1949年2月他离开了智利，经阿根廷去苏联，并到巴黎参加了世界和平大会。他到过欧美和亚洲的许多国家，积极参加保卫和平运动。1950年他获得列宁国际和平奖金。1951至1952年，他暂居意大利，在此期间曾来中国访问。1952年8月智利政府撤销了对他的通缉令，人民以盛大的集会和游行欢迎他的归来。回国后，他过了几年比较安定的生活，除参加国际文化活动之外，专心从事创作，完成了《元素的颂歌》（1954）、《元素的新颂歌》（1956）和《颂歌第三集》（1957）。1957年他当选为智利作家协会主席。同年再次来华访问。此后，国际政治形势的剧变使聂鲁达陷入困惑和苦闷，但是对于一个“历尽沧桑”的诗人，希望之光是不会泯灭的。1969年9月，他接受了智利共产党总统候选人的提名。他在回忆录中说：“每个地方都要求我去。成百成千的普通人，男男女女都紧紧地拥抱我、吻我并哭泣，他们把我感动了。圣地亚哥郊外贫民区的人、科金波的矿工、来自沙漠的铜矿工人、怀抱婴儿等候多时的农村妇女，从比奥比奥河流域到麦哲伦海峡对岸那些受到冷漠的穷人，在滂沱大雨中，在大街小巷的泥泞里，在冷得使人发抖的南风中，我向他们讲话或朗诵我的诗。”这次竞选只是促成人民联盟各党派合作的战略。当人民联盟推举阿连德为共同候选人之后，聂鲁达立即退出竞选，支持阿连德直至取得最后胜利。

在此期间，聂鲁达的诗作有《出海与返航》

（1959）、《爱情十四行诗100首》（1959）、《智利的岩石》（1961）、《典礼的歌》（1961）、《全权》（1962）、《黑岛纪事》（1964）、《鸟的艺术》（1966）、《沙滩上的房屋》（1966）、《船歌》（1967）、《白天的手》（1968）、《世界末日》（1969）、《还有》（1969）、《烧红的剑》（1970）、《天石》（1970）、《海啸》（1970）、《无用地理学》（1972）、《孤独的玫瑰》（1972）以及政治诗《处死尼克松和赞美智利革命》（1973）等。

1971年4月他被阿连德政府任命为驻法国大使，同年10月获诺贝尔文学奖。1973年9月11日智利发生军事政变，阿连德总统以身殉职。同年9月23日，聂鲁达与世长辞。

在聂鲁达逝世以后，人们又出版了他的诗集《冬天的花园》、《2000年》、《黄色的心》、《疑问之书》、《挽歌》、《海与钟》、《挑眼集》以及回忆录《我坦言曾历尽沧桑》、散文集《我命该出世》等。1980年，西班牙巴塞罗那还出版了他少年时代的诗文集《看不见的河流》。

聂鲁达是一位多产的诗人，生前发表的诗集有数十部之多。他的诗歌题材广泛，风格多样，但都是他心灵的歌。就意境而言，无论是清晰的还是朦胧的，都是他心境的写照；就文字而言，无论是优美的还是粗犷的，都是他心声的反响；就风格而言，无论是婉约的还是豪放的，都是他心情的抒发。在他身上，诗如其人，名副其实。

聂鲁达出生于一个工人家庭，低下的社会地位，贫困的童年生活，幼年丧母和父亲外出，造就了诗人沉默、内敛、善于思考的性格以及对大自然和外部世界的关注与向往。聂鲁达与巴列霍一样，他们都是外省人。但是后者出生在一个保留着传统和宗教道德观念的家庭里，而聂鲁达的童年却是在智利南部边境地区的开拓者中间度过的，这些劳动群众大多不信教。因此，巴列霍的诗歌反抗传统，肢解语言，力图打破童年时期所接受的古老神话，而聂鲁达的诗歌则是大自然力量的直接表现："那里的大自然使我如醉如痴，十来岁时，我已经是个诗人了。我不写诗，但是小鸟、甲虫和石鸡卵吸引着我。"[1]

聂鲁达十六岁时来到圣地亚哥。在寄宿公寓和咖啡馆里度过的孤苦岁月给他的心灵留下了创伤，这或许是他成为诗人的另一个原因吧。

聂鲁达的第一部诗集《晚霞》作于1920至1923年，

---

1 转引自金·弗朗科的《西班牙语美洲文学史》，墨西哥阿里埃尔出版社1979年版。

这是模仿性的作品。聂鲁达的成名作是《二十首情诗和一支绝望的歌》，出版于1924年，当时他还不满二十岁。在创作这些诗篇的时候，他刚刚从外省来到首都。爱情抚慰了他孤独的心灵，焕发了他磅礴的诗兴。爱情和大自然是聂鲁达早期诗歌的创作源泉。正如诗人1957年访华时，在北京的一次演讲会上所说："……首先，诗人应该写爱情诗。如果一个诗人不写男女间的恋爱，就是一个很奇怪的诗人，因为人类的男女结合是世间非常美好的事情。如果一个诗人不写祖国的大地、天空和海洋，那他也是一个很奇怪的诗人，因为诗人应该向别人揭示事物和人的本质、天性。"毫无疑问，爱情和大自然是贯穿这部诗集的两个主题。这些作品自然、流畅、节奏鲜明，将朴实无华的语言与鲜明生动的形象融为一体，尤其受到青年读者的喜爱，成为世界诗坛发行量最多的诗集之一。后来许多青年诗人都以他为楷模，遗憾的是"画虎类犬"者居多。

人们不禁会问，这些情诗究竟是写给谁的呢？女主人公是谁呢？智利共产党领导人鲍罗迪亚·泰特波姆（Volodia Teiteboim）在其为诗人写的传记《聂鲁达》中，对此有颇为详细的介绍。这些情诗大多是献给两位少女的。诗人分别称她们为玛丽索尔（即"大海阳光"）和玛丽松布拉（即"大海阴影"）。玛丽索尔是一位名叫黛蕾莎·莱昂的姑娘。她深邃的眼睛像广阔的星夜，又像诗人家乡湿润的天空。1920年春天，黛蕾莎当选特木科的“春光皇后”，十六岁的诗人写诗向她祝贺，并发表在当地的报纸上。从此，两人之间产生了一段纯真而又动人的恋情。二十首情诗中的第3、4、7、8、11、12、14、17以及那支《绝望的歌》都是写给这位纯真、开朗、快乐的少女的。但是最终，他们还是分手了。这不仅因为从特木科到圣地亚哥，需要坐一天一夜的火车，主要还是因为双方的家庭属于不同的社会阶层，姑娘的父母对聂鲁达不屑一顾，而黛蕾莎又没有背叛家庭的勇气和决心。这是诗人铭心刻骨的初恋，也是他人生受到的第一次沉重打击。对于黛蕾莎来说，聂鲁达可能是她深爱过的唯一男人。她始终珍藏着聂鲁达给她的情书和照片。她一遍遍地摩挲着那些泛黄的信纸，阅读那些柔情蜜意的文字，凝视那张年轻英俊的面孔。在与聂鲁达分手后的二十几年中，当年的“春光皇后”，尽管有众多的追求者，却一直孤独地度过悠悠岁月。直到四十五岁的时候，她才嫁给了一位比她小二十岁的打字机技师。1972年，美丽的黛蕾莎在圣地亚哥的侄女家去世。但是爱情并未随之葬入坟墓。正如聂鲁达在《黑岛纪事》中献给黛蕾莎的诗中所说，那往日的爱情，或许在小鸟的坟墓、黑石英、雨水打湿的木头中对抗时间的流逝，化作永恒。

玛丽松布拉名叫阿尔贝蒂娜·罗莎·阿索卡尔。她和聂鲁达一样，也是智利南方人，有明显的印第安人血统。她是首都的女大学生，戴着灰色贝雷帽，有着最温柔的眼睛。和黛蕾莎相比，她不仅内向，而且有几分骄傲和矜持。据阿尔贝蒂娜回忆，聂鲁达比她小一岁。每年九月和十二月的假期，他们经常一起坐火车回家：在达圣·罗森多下车后，聂鲁达回特木科，而阿尔贝蒂娜则去了康塞普西翁。但是好景不长，一年多之后，离阿尔贝蒂娜家很近的康塞普西翁大学也开设了法语课，所以她只好听从父亲的安排转到那里继续学习。圣地亚哥和康塞普西翁相距五百公里，年轻的恋人又要忍受离别之苦。聂鲁达别无他法，只好用一封封炽热的情书排解自己的苦闷和孤独。从1921年开始到1932年止，阿尔贝蒂娜一共收到聂鲁达115封信（一说为111封）。这些用五颜六色的信纸和墨水写就的情书记录了聂鲁达对阿尔贝蒂娜深切的思念。但后者似乎并没有那么投入。除了偶尔一些充满感情的信之外，她经常迟迟不予回复，即便回复，也是草草了事。对此，聂鲁达起初是感到万般痛苦，后来觉得自尊心受到巨大创伤。1927年，诗人漂洋过海，来到缅甸的首都仰光任领事。他举目无亲，甚至连一个讲西班牙语的人都碰不到。这是他一生最孤独无助、与世隔绝的时候。他一到仰光就把阿尔贝蒂娜的大照片摆在房间的桌子上。在凝视她的时候思念她，在思念她的时候凝视她。他不断地从那冷清狭小的房间里给她写信，为她写诗。阿尔贝蒂娜大学毕业后，在一所实验学校任教，后来被送往比利时留学。于是聂鲁达热情洋溢的情书又飞往了欧洲。在这些信里，除了表达思念之苦外，还急切地催促阿尔贝蒂娜来仰光和他结婚。聂鲁达对待此事非常严肃，他认真地告诉阿尔贝蒂娜说，他已经准备好了一切……还细致入微地向她解释该怎样乘船。他每天都在焦急地等待，但是阿尔贝蒂娜始终没有回信。

聂鲁达对阿尔贝蒂娜的爱持续了至少十一年，那是贫穷大学生式的爱情。在这份感情中，他似乎总是不满足，总是感到失落、痛苦甚至绝望。正是这些复杂的情感体验激发了诗人表达的欲望，才会有那些流传至今的震撼心灵的诗篇。聂鲁达自己在五十岁生日的时候说，二十首情诗中的第1、2、5、7、11、13、14、15、17、18这十首是写给玛丽松布拉的。其实，聂鲁达有时会把“阳光”和“阴影”混淆，有时他会说灰色贝雷帽是玛丽索尔，有时又说那是玛丽松布拉。但是，那首流传最广的《你沉默时令我欢欣》无疑是写给玛丽松布拉的。

其实，这些诗是写给谁的并不重要，重要的是诗人在用真心写自己的真情、真爱，他为我们展示了一个二十岁的青年对于爱与美的渴望与追求。《二十首情诗和一支绝望的歌》是少男少女的初恋之歌。青春萌动，天真无邪，激情澎拜。初恋是美好的，但往往以遗憾告终。“二十首情诗”最终化作了“一支绝望的歌”。

1925年他发表了《奇男子的尝试》。这部诗集显然受了超现实主义的影响，虽然不失“二十首情诗”的风韵，但实验的色彩更浓，结构也不再那么严谨。

由于经济拮据，聂鲁达于1926年辍学。鉴于拉美国家有任命诗人和作家为外交官的传统，他便去外交部谋职。作为一个毫无社会背景的年轻诗人，当然不可能去什么富贵繁华之地，他被派到仰光做领事，之后又去了科伦坡、雅加达、新加坡。上任途中，他顺访了布宜诺斯艾利斯、里斯本、马德里、巴黎、马赛，后来又访问了印度、中国等一些亚洲国家。当时他的薪水微薄，看到的是剥削与贫困，接触的是殖民政府的官僚和商贾，这是聂鲁达一生中最苦闷的时期：“东方给我的印象，是一个不幸的人类大家庭……我在这时期所写的诗，只能反映一个被移植到狂烈而又陌生的土地上的外来人的寂寞。”“孤独培养不出写作的意愿，它硬得像监狱的墙壁，即使你拼命尖叫嚎哭，让自己一头撞死，也不会有人理会。”在西方，这正是未来主义、达达主义、超现实主义以及拉美的极端主义和创造主义令人眼花缭乱的时期，诗人虽然也接受了它们的某些影响，但却难解困惑；在东方，则是神奇与腐朽同在，智慧和愚昧并存，诗人虽然也不乏友谊和情爱，但却充满孤独。《大地上的居所》第一卷（1933）就是他在缅甸、锡兰、印尼任外交官期间写成的。对聂鲁达来说，无论从人生道路还是从创作风格上看，这都是一个观察和思考、探索与寻觅的时期。这时期的许多诗作缺乏逻辑，句式混乱，意象诡异，类比新奇，其原因概出于此。

《大地上的居所》第二卷（1931—1935）的基调仍是比较灰暗的，但作品的色彩已较前鲜明。他是1935年2月3日到马德里任领事的。他很快就结识了加西亚·洛尔卡等许多文艺界的朋友。他们经常在一起聚会，创办了《绿马诗刊》，主张诗歌“要有生活气息”，“要横扫纯粹诗歌贫乏的抽象”。

西班牙内战的爆发（1936年6月）打破了诗人平静的生活，也彻底改变了他的诗风。聂鲁达在晚年写的回忆录中说：“当第一批子弹射穿西班牙的六弦琴，喷出来的不是音符而是鲜血时，我的诗歌便像幽灵一般在人类受苦受难的街心停步，并开始沿着一股根与血的激流升腾。从那时起，我的道路与大众的道路汇合了。我顿时感到自己从孤独的南方走到了人民的北方，我愿自己卑微的诗歌化作剑和手帕，为人民揩干净沉重苦难的汗水，向他们提供一件争取面包的武器。”[1]

这时期创作的《西班牙在心中》以充满生命力的全新面貌出现。诗句朴实无华，充分表现了诗人爱憎分明的激情。1939年他在自己的诗作《愤怒与痛苦》的前面写道：“这首诗是1934年写的，从那时起又发生了多少事情啊！这首诗是在西班牙写的，如今那里已是一片废墟。唉！要是用一点诗和爱就能把世上的愤怒平息，该多好啊，然而这却只有靠斗争和决心才能办到。世界变了，我的诗也变了。落在这些诗句上的血滴将永远留在上面，像爱情一样不可磨灭。”

《西班牙在心中》是由23首诗组成的。根据英国历史学者汤马斯在《西班牙内战史料》中记载，《国际纵队来到马德里》的写作时间应在1936年11月8日，即第十一团的三个营抵达马德里的日子。当时马

---

1 引自《巴勃罗·聂鲁达：其人、其诗》，见《聂鲁达诗选》（陈实译）。

德里已进入巷战，两天之后，该团有三分之一阵亡。《哈拉马河之战》写的是1937年春天的一场历时20余天的著名战役。佛朗哥的军队于2月6日突袭哈拉马河谷，意在截断马德里与巴伦西亚之间的公路。共和国军守卫在哈拉马河东岸，火线长达16公里，国际纵队的四个团协助他们。在整个战役中，共和国军队死伤过万，在志愿军中，以第十五团的“英国营”和美国“林肯营”损失最重，阵亡者在半数以上。志愿军中有不少诗人，有些壮烈牺牲，有些幸存生还，他们有关西班牙内战的作品，后来编成集子出版，聂鲁达的《西班牙在心中》就是其中的杰作。它热情讴歌了国际纵队战士舍生取义的高贵品格：

弟兄们，从现在起
让男女老幼，尽人皆知
你们庄严的历史，你们的纯真，你们的坚毅，
下至硫黄气体腐蚀的矿井，
上至奴隶非人的阶梯，
让它传到所有绝望人们的心底。

诗人投身于火热的斗争，他不再感到孤独和失望了。随着思想感情的变化，聂鲁达的视野更开阔了。

他开始把自己的目光转向外部世界，开始关注人类的前途和命运。他认识到，作为一个诗人，只有接触人民，了解人民，与人民同呼吸，共命运，才能有信心，有力量，才不会有那种“为赋新诗强说愁”的空虚与痛苦。从1940年底到1943年，在担任智利驻墨西哥总领事期间，他陆续写出了《献给斯大林格勒的情歌》《献给玻利瓦尔的歌》《献给斯大林格勒的新情歌》《歌颂红军到达普鲁士门口》等诗篇。这些作品连同《西班牙在心中》《集合在新的旗帜下》《愤怒与痛苦》等都收在诗集《第三居所》（1935—1945）里。

魏地拉的叛变，反动政府的通缉，对聂鲁达来说，是坏事又是好事。依靠人民群众的保护，虽然终日东躲西藏，经常搬家，但却在这一年零两个月的动荡不安的生活中，最终完成了他一生最辉煌的诗作《漫歌》。这是一部庞大的诗集。诗人在这部作品中倾注了全部感情、全部经验和全部理想。这是聂鲁达诗歌创作的巅峰，显示了他广阔的视野、博大的胸怀和卓越的才华。

《漫歌》是聂鲁达的代表作，是他创作生涯的里程碑，是他献给整个拉丁美洲，当然首先是献给智利的史诗。在这部宏伟的诗集中，这位代表着大自然的声音、来自智利南方林区的青年，在经受了城市生活的磨砺和政治斗争的洗礼之后，成了人类的代言人。

《漫歌》分为15章，共有248篇诗作。从美洲对人的召唤——第一章《大地上的灯》，一直写到作者作为战士和诗人的责任，即最后一章《我自己》。其中包括对“征服者”的描述，对“解放者”的礼赞，对压迫者、剥削者、掠夺者、独裁者的谴责，对鞋匠、水手、渔夫、矿工、农民和民间诗人等穷苦大众的歌颂，以及诗人的生平、愿望和理想。尤其是第二章《马丘比丘的高度》和第九章《伐木者醒来》更是脍炙人口的长篇佳作，是全书的精华。

“马丘比丘”在印第安土语中是“古老的金字塔形山丘”的意思。在这首近500行的诗中，作者不仅回顾了历史的足迹，讴歌了美洲的风光，赞美了人民的品德，同时也表现了他本人从一个空虚的个人主义者发展成为被压迫人民代言人的过程。全诗分为12节，描写了坠入深渊的“我”又登上了马丘比丘。这是一次“寻根”之旅，表明了诗人对这座古城无名建筑者们的崇敬之情。

于是我攀登大地的阶梯，
在茫茫林海残暴的荆棘中间，
来到你——马丘比丘面前。

《漫歌》的第九章《伐木者醒来》也是一首内容广泛、感情真挚、气势磅礴的长诗。诗中写道：

我不过是一位诗人：我爱你们所有的人，
我在自己热爱的世界上游荡：
在我的祖国，矿工被关进牢中，
士兵向法官发号施令。
但是我热爱自己寒冷的小国
直至它的每一条根。
即使要死一千次，
我愿一千次在那里死；
即使要生一千回，
我愿一千回在那里生……

《漫歌》所展示的历史画卷是绚丽多姿、雄浑悲壮的。在《漫歌》中，诗人继承并发扬了安德雷斯·贝略、莱奥波尔多·卢贡内斯的诗歌传统，同时又没有摈弃自己作为先锋派诗人的艺术风格。在这部诗集中，宏观和微观世界都遵循着同一个进化和发展规律：暴政和阶级压迫毁灭了人和大地，阻碍真正的繁荣。在谈到《马丘比丘的高度》一诗的创作时，他在回忆录中写道："我在秘鲁停下来并登上了马丘比丘遗址。因为当时没有公路，我们是骑马上去的。我从高处看到石砌的古老建筑嵌在青翠的安第斯山高耸的群峰之间。激流从风雨侵蚀了千百年的城堡奔腾而下。维尔卡玛约河上的白色云雾袅袅升起。站在那岩石的脐心，我觉得自己何等渺小，那是一个傲然耸立、荒无人烟的脐心，我不知为什么感到自己属于它。我觉得在某个遥远的时刻，我的手似乎曾在这里掘过沟堑，磨过岩石。我觉得自己属于智利，属于秘鲁，属于美洲。在这崎岖的高地，在这辉煌的、分散的废墟，我找到了继续创作诗歌的信念。《马丘比丘的高度》就是在这里诞生的。”在《漫歌》中，这首史诗中的史诗是最引人瞩目的一章。这是一首政治抒情诗，将聂鲁达诗歌的两种倾向、两种风格融为一炉。它既不同于《西班牙在心中》的明朗，也不同于《大地上的居所》的晦涩。它的结构严谨，文字凝练，意境清新，视野开阔。这是对泥土与岩石的赞歌；这是对自然和人生的思考。这是一次寻根的旅行。诗人对于现代人单纯追求物质文明的悲悯，对于轰轰烈烈的战斗和牺牲的向往，都通过丰富的想象和隐喻表露出来。这不是梦，不是呓语，也不是单纯的怀古。它的确不易读；但也的确具有鲜明的主题。读者只要把想象的触须伸长，就不难捕捉诗人发出的扑朔迷离的信息。

与聂鲁达的其他作品相比，“纪实性”和“散文化”是《漫歌》的突出特点。诚然，并非《漫歌》中每首诗都具有很高的艺术性，比如有些斥责独裁者的诗篇就因过于简单和直白而缺乏艺术美感。对《漫歌》这样一部“通史”般的巨著，读者不能要求它尽善尽美，更何况个人的审美情趣和欣赏角度又千差万别呢。“文章千古事，得失寸心知”，其实作者对此早有预见，他说：“我并非为自己的作品辩护。一本像《漫歌》这样的巨著，总会是有人喜欢这一部分，有人喜欢那一部分。许多人一点也不喜欢。当它成为一个广阔的风景画卷时，我的宏愿是获得了成功的。”

在《漫歌》之后，聂鲁达写了《葡萄和风》，这是他在访问欧洲和苏联、中国以后创作的，是他参加一系列保卫世界和平的政治活动的记述。值得一提的是在流亡期间，他于1952年在那不勒斯匿名发表了情诗《船长的诗》。《船长的诗》是聂鲁达写给玛蒂尔德·乌鲁蒂亚（1912—1985）的，发表于1952年。这部诗集为何匿名发表呢？这要从诗人的婚姻状况说起。

聂鲁达第一次结婚在1930年，时任驻爪哇领事，妻子是一位有马来血统的荷兰女子，名叫玛丽亚·安东涅塔·哈格纳尔（1900—1965），这是一次失败的婚姻，略去不表。1934年，他在西班牙认识了比自己年长二十岁的画家黛丽娅·德·卡里尔（1885—1989）。黛丽娅是一位成熟、干练、热情、有魅力的女性，是一位坚定的共产主义战士。两人相互吸引，但对于聂鲁达，黛丽娅不仅是情人，更像他的“导师和母亲”。在和聂鲁达相处的十八年中，黛丽娅一直像大树一样挺立在他身旁，像母亲一样为他遮风挡雨，陪伴他从苦吟诗人到革命战士的成长历程。聂鲁达和黛丽娅并未正式结婚，只是于1943年在墨西哥举行了一场不被法律认可的婚礼。1946年在智利总统大选期间的一次露天音乐会上，聂鲁达结识了歌唱演员玛蒂尔德。三年后，两人又辗转在墨西哥相遇。当时聂鲁达正在生病，玛蒂尔德体贴入微，两人坠入爱河。但他们都不愿伤害黛丽娅的感情和自尊，始终秘密地保持情人关系。这期间，诗人的心情是复杂的。首先是内疚，黛丽娅在他心中坚定、果敢、独立、倔强的印象依然鲜明如初，他对黛丽娅有难以言表的感激之情。但同时，他对玛蒂尔德的真爱也无法放弃，因而只能寄希望于时间来冲淡怨怼，原谅过失，抹平伤痕。

1952年的意大利之旅，让两人在卡普里岛度过了一段美好时光。电影《邮差》表现的正是诗人的这一段经历。在此期间，聂鲁达几乎每天给玛蒂尔德写诗，后由朋友汇集成册，在那不勒斯匿名出版了50

册，题为《船长的诗》。1953年，在阿根廷又多次再版，成为畅销诗集。直至1963年，聂鲁达才承认自己是该诗集的作者。墨西哥经济文化基金会与联合国教科文组织合作，于1992年出版了报刊绘图版《船长的诗》，编者是这样评价这部诗集的："《船长的诗》是抒情诗的新发展，它包含了围绕在人们身边并激励人们的主旋律：如诗中有大海和沃土的大自然，祖国和它的堡垒，还有充满爱意的凝视。全书由七个部分组成：'爱情'、'渴望'、'狂怒'、'生命'、'颂歌与萌芽'、'贺婚诗'和'途中信札'。在这部出色的作品中，聂鲁达颂扬了爱情及其生命力。对文字的娴熟运用和对抒情的把握，无疑使聂鲁达成了拉丁美洲文学领域中最重要也是最受欢迎的诗人之一。"

在这个时期，除了政治诗和爱情诗外，他还创作了一种更富于哲理性的诗歌。这就是《元素的颂歌》、《元素的新颂歌》和《颂歌第三集》。这些作品歌颂了普通的劳动者和平凡的事物。聂鲁达在创作这些颂歌的时候，似乎在尝试用新的眼光，从新的角度去观察日常生活中的人和物，探索其中蕴藏的美与善的因素。这些颂歌与《西班牙在心中》那种一气呵成的节奏迥然不同，它的语言简洁、活泼，节奏缓慢，一步一顿，一句诗分成几行，每行只有两三个甚至一个字：

在高耸、

陡峭的山脉，

凿石，

钉木板，

缝衣，

砍柴，

捣碎土块……

这些诗歌的朴实、欢快与《大地上的居所》的朦胧、生硬形成了鲜明的对照。

1958年，《狂歌集》出版，诗人的想象力得到更加自由的发挥。《美人鱼和醉鬼们的寓言》是其中最好的诗。美人鱼超出了自己的自然本性，因而成了不理解她的人们仇恨和蔑视的对象。在奇特的比喻中，美人鱼不愿忍受酒巴里的污辱，选择了纯洁和死亡，从而可以看出诗人对自己身世的隐喻和对洁身自好的追求。

在《狂歌集》之后，聂鲁达倾向于重复前期作品的模式，对平凡事物、大海和爱情的歌颂是他作品中的三个焦点。《爱情十四行诗100首》《智利的岩石》是其中轮廓比较鲜明的作品。

20世纪60年代以后，国际政治风云变幻莫测，诗人陷入了迷惘和彷徨，作品的内容比较复杂，格调也比较消沉。然而值得注意的是，诗人始终没有放弃对理想的追求和对未来的信心，正如他在一首题为《为了所有人》的诗中所说：我理解很多人在想，/巴勃罗在做什么？我在这里。/如果你在这条街上找我/你会找到我和我的提琴/准备歌唱/也准备死亡。

聂鲁达的作品，之所以能长期受到广大读者的欢迎，与他写人民的题材是分不开的。尤其在进入成熟期之后，他所描写的都是时代的重大题材，如西班牙内战，智利人民的斗争，苏联人民的卫国战争，拉丁美洲争取民族独立的斗争，各国人民保卫世界和平的斗争等。在将政治转化为诗歌的过程中，他注意保持语言和形象的艺术魅力，注意将现实主义的政治内容与他所熟悉的超现实主义的艺术形式结合起来。正如他自己所说的："我比亚当还赤裸裸地去投入生活，但是我的诗却要穿戴整齐，这种创作态度是一点也不能打折扣的……"

至于聂鲁达的艺术风格，很难将它划入某一个流派。如果一定要说它属于什么"主义"，只能说它属于"聂鲁达主义"，因为他的艺术风格是浪漫主义、现实主义、象征主义和超现实主义等各种流派相互融合的产物。在拉美和世界诗坛，长期以来，聂鲁达是个有争议的人物。比如，他与另一位诺贝尔文学奖获得者——墨西歌诗人奥克塔维奥·帕斯就有过激烈的争论。他们的分歧主要在于政治和诗歌创作的理念不同。帕斯着眼于人类的自然性，聂鲁达着眼于人类的阶级性；帕斯要超越现实，聂鲁达则要贴近现实。然而，值得指出的是他们所进行的是认真的辩论，而且彼此都尊重对方，承认对方的成就，正因为如此，他们才能在争论了三十多年之后，又重归于好。他们对于诺贝尔文学奖都是当之无愧的，聂鲁达尤其作为“全世界最具反帝精神和最富有人民性的诗人”[1]而被铭记。

赵振江

初稿于2005年10月25日

修改于2023年3月3日

---

1 当聂鲁达要前往斯德哥尔摩领奖时，收到一位黑人从荷兰寄来的信。信的大意是：“我代表荷属圭亚那乔治敦的反殖民主义运动。我曾要求得到一张参加在斯德哥尔摩举行授予您诺贝尔文学奖仪式的请柬。在瑞典大使馆，有人通知我要准备一件燕尾服——这种场合绝对要穿的礼服。我没钱买燕尾服，也决不穿租来的礼服，因为穿旧衣服会使一位自由的美洲人丢脸。所以我通知您，我将用凑到的一点点钱到斯德哥尔摩去举行记者招待会，在会上揭露那个授奖仪式的帝国主义和反人民的性质，以此向全世界最具反帝精神和最富有人民性的诗人表示敬意。”（见《回首话沧桑》，聂鲁达著，林光译，上海：知识出版社，1993，第374页。）

二十首情诗和一支绝望的歌

（1924）

VEINTE POEMAS DE AMOR Y UNA CANCIÓN DESESPERADA

今夜我能写下最忧伤的诗句。

我爱她，有时她也爱我。

一[1]

女性的身躯，洁白的山丘，洁白的双腿，
你献身的姿态宛似这世界。
为了让婴儿从大地的底部跳出
我粗野农夫的身躯将你挖掘。

孤独的我像隧道。鸟儿从我身上逃离
强大的黑夜侵袭了我的躯体。
为了生存，我曾将你锻造成一件武器，
像弓上的箭，投石器上的石粒。

但报复的时刻降临，可是我爱你。
肌肤、苔藓、贪婪而又坚韧的乳汁的身体。
啊，胸部的酒杯！啊，迷茫的眼睛！
阴阜的玫瑰啊！缓慢而忧伤的叫声！

---

1 选自原诗集第一首。

我的女人的躯体，我将执著于你的魅力。

我的渴望，无限的情欲，我的路扑朔迷离！

昏暗的沟渠，我永恒的渴望、我的疲惫

以及我无限的痛苦都将在那里永恒地持续。

二

即将逝去的光焰将你遮笼。
苍白的你，全神贯注，忧心忡忡。
背向黄昏中古老的风车
风车的翼片在你周围转动。

我的女友，默不做声，
在这死亡的时刻孤身只影
但又充满火的活力
将被毁的日子纯洁地继承。

一束阳光落在你深色的衣裙。
突然从你的灵魂
长出黑夜粗壮的根，
你的隐私重又表露在外面
一个刚出生、苍白、蓝色的村民
便从你那里汲取养分。

啊，黑暗与光明交替的女仆，
伟大，丰满，像磁铁一样：昂首挺立，
争取并赢得如此活跃的创造
花儿纷纷落下，自己满怀忧伤。

三

辽阔的松林，崩裂的涛声，
光线缓慢的游戏，孤独的钟，
姑娘啊，陆上的海螺，大地
在你身上歌唱，黄昏落入你的眼睛。

河流在你身上歌唱，我的灵魂从河中逃离
如你所想的那样并向你喜欢的地方逃去。
请在你的希望之弓上为我标明路途
我将在痴迷中将自己的箭射出。

我正在自己的周围观赏你云雾的腰身
而你的寂静在追逐我受折磨的时辰，
正是你和你那透明岩石的双臂，我的亲吻
在那里抛锚，我湿润的欲望在那里筑巢。

啊，黄昏逝去伴随着回响，爱为你
神秘的声音染色并使它成倍增长！

于是在深刻的时辰里，我看见
麦穗在田野上随风荡漾。

五

为了让你
听得见我的话语
它们有时细得
像海鸥在沙滩上的足迹。

项链，陶醉的铃铛
献到你像葡萄般柔软的手上。

我望着自己在远方的话语。
它们其实更属于你。
它们像常春藤一样爬上我痛苦的往昔。

它们这样攀上潮湿的墙壁。
这淌血的游戏，由你引起。

它们正在逃离我阴暗的巢穴。
你无所不在，充满一切。

它们先于你，占据了你的孤独，
它们比你更习惯于我的愁苦。

此刻我愿它们道出我对你的诉说
为了让你听到它们如同听到我。

苦闷的风依然常常将它们拖跑。
梦幻的狂飙依然不时将它们横扫。

在我痛苦的声音中你会听到别的声音。
古老口中的哭泣，古老乞求的血滴。

伴侣啊，爱我吧。跟着我，别将我抛弃。
伴侣啊，跟着我，在这苦恼的波涛里。

我的话语会染上你的爱的色彩。
你占据了一切，无所不在。

我要用所有的话语做成一条长长的项链
献给你洁白的双手，她们像葡萄一样柔软。

六

我记得你宛若去年秋天的模样。
灰色的贝雷帽，平静的心情。
叶片纷纷落在你灵魂的水面。
黄昏的火焰搏斗，在你的眼中。

你像一条藤蔓将我的双臂缠紧，
叶片在收集你缓慢、平静的声音。
我的渴望在惊愕的篝火里燃烧。
蓝色温柔的风信子倒向我的灵魂。

我感到你的眼睛在漫游，而秋天多么遥远：
灰色的贝雷帽，鸟儿的啼鸣和家的心田，
我深切的欲望向那里迁徙
我快乐的亲吻火炭般落在那里。

从船上仰望天空。从山冈将田野眺望。
你的记忆是光芒、烟雾与平静的池塘！

晚霞在你眼睛的深处燃烧。

秋天的落叶盘旋在你的灵魂上。

九

在松林和漫长的亲吻里陶醉，
驾驭着玫瑰夏日的风帆远航，
加固水手坚实的狂热，屈身
向又瘦又长日子的死亡。

面色苍白并紧贴着贪婪的水
穿越露天环境的酸味，身上
还披着灰色的外衣和苦涩的声音，
头上顶着被抛弃的浪花那痛苦的头盔。

我忍受激情，乘着唯一的波浪，
沐浴着燃烧，寒冷，太阳，月亮
顿时在幸运的岛屿进入梦乡，它们
洁白，温柔，像清凉的臀部一样。

我亲吻的衣裳疯狂地抖动
在潮湿的夜里，疯狂地带电运行，

以一种英雄的方式，在我身上
分化成迷人的玫瑰和梦境。

顺水而上，在外面的波浪里，
我的双臂支撑着你平行的身躯
它像一条紧紧贴在我灵魂上的鱼
既快且慢，沐浴着天下的活力。

十一

半个月亮，几乎在天外
抛锚在两山之间。挖掘
眼睛的女人，夜在漫游，旋转。
请看有多少星星，碎在池塘里面。

逃啊，做个哀悼的十字架，在我眉宇间。
蓝色金属的熔炉，无声搏斗的夜晚，
我的心像疯狂的飞轮一样旋转。
来自如此遥远地方的姑娘，
眼神有时在天底下闪光。
抱怨，风暴，愤怒的旋涡，
不停地从我的心灵穿过。
坟墓之风传送、毁坏、分散你瞌睡的根。
在它的另一侧，将一棵棵大树拔起。
但是你，亮丽的姑娘，烟雾、麦穗的询问。
那是风和闪光的叶子构成。
夜晚山峰的后面，燃烧的白百合，

啊，我无话可说！那是世间万物的杰作。

渴望用利刃切开我的心胸，是走
另一条路的时候了，她在那里没有笑容。
风暴埋葬了一口口钟，暴风雨漫天飞舞
为何在此时将她触摸，为何要让她悲伤。

啊，继续远离一切的行程，她没有
在那里阻拦痛苦、死亡、严冬，
用在露水中睁开的眼睛。

十二

你的胸膛对我的心足矣。
我的翅膀对你的自由足矣。
将从我的唇升到天上
在你灵魂上安睡的东西。

那是你心中每日的憧憬。
你的到来就像露水落在花冠。
用你的缺席破坏地平线。
永远在逃走，宛若波澜。

我说你在风中歌唱
犹如松树，宛似桅杆。
像它们一样高大并默默无言。
突然又宛似远行而变得伤感。

像古道一样接纳他人。
充满回响和怀念的声音。

我醒来，但你灵魂上安睡的鸟儿
有时却迁徙并逃遁。

十三

我用一个个火的十字架
标示了你身躯洁白的地图。
我的口，在你身上，在你身后，
羞怯，渴求，像一只隐蔽爬行的蜘蛛。

在黄昏岸边给你讲述的故事，
忧伤而又温柔的姑娘，是为了你不再忧伤。
一只天鹅，一棵树，遥远而又快乐之物。
葡萄的时光，成熟与果实的时光。

生活在一个港口的我，在那里开始爱你。
孤独穿插着梦想与沉寂。
在大海与痛苦之间禁闭。
在两个宁静的船夫之间，沉默，痴迷。

在双唇与声音之间，有什么在渐渐死亡。
它属于苦闷和忘却，它具有鸟儿的翅膀。

它们就像留不住水的网。
几乎没留下颤抖的水滴，我可爱的姑娘。
不过，在这些转瞬即逝的话语中，有什么在歌唱。
有什么在歌唱，有什么升到我贪婪的口上。
啊，可以用所有快乐的话语将你赞扬。

歌唱，燃烧，逃走，宛似疯子手中的一座钟楼。
你突然变成了什么，我忧伤的情意？
当抵达最陡峭与寒冷的巅峰
我的心便像夜间的花朵一样关闭。

十五

你沉默时令我欢欣，好像身边没有你这个人，
你从远方听我说话，却又接触不到我的声音。
你的眼睛好像已经飞走
又好像一个亲吻合上了你的双唇。

由于世间万物充满我的灵魂
你浮在万物之上，同样充满我的灵魂。
梦之蝶啊，你就像我的灵魂
就像与“忧伤”同义谐音。

你沉默时令我欢畅，好像是在远方。
窃窃私语的蝴蝶啊，好像是牢骚满腔。
在远方倾听，我的声音到不了你耳旁：
用你的沉默叫我也不声不响。

让我也用你的沉默对你讲
它就像戒指一样纯朴，像灯盏一样明亮。

你就像沉默不语、满天星斗的夜色。
你的沉默就是星星的沉默，遥远而又平常。

你沉默时让我喜欢，因为你似乎不在我身边。
多么痛苦，多么遥远，好像已离开人间。
这时一个词语、一个微笑足矣，
我会心花怒放，因为你就在我面前。

十九

黝黑、灵敏的姑娘，太阳
使果实成长、水草茂盛、小麦灌浆，
造就了你快乐的身体、明亮的眼睛
并使水灵灵的笑容挂在嘴角上。

当你伸开双臂，一轮黑色、渴望的太阳
卷动在你黑色的发丝上。
你和太阳玩耍，宛似和小溪玩耍一样
它使两汪深色的水在你眼中流淌。

黝黑、灵敏的姑娘，我无法靠近你身旁。
一切都使我远离你，像远离正午一样。
你是蜜蜂狂热的青春，
波浪的陶醉，麦穗的力量。

然而，我忧郁的心在将你找寻，
我爱你快乐的身体，轻松纤细的声音。

温柔而又坚定的黑色蝴蝶

宛若麦田和太阳，水和虞美人。

二十

今晚我能写下最忧伤的诗句。

比如：“夜缀满繁星，
蓝色的星星在远方颤抖。”

夜风在歌唱并在天空盘旋。

今晚我能写下最忧伤的诗句。
我爱她，有时她也爱我。

许多像今晚这样的夜，她在我怀中。
我吻她多少次啊，沐浴着无垠的天空。

她爱我，有时我也爱她。
怎能不爱她那双坚定的大眼睛。

今晚我能写下最忧伤的诗句。

想到她已不和我在一起。感到我已将她失去。

倾听无限的夜晚，没有她更加无限。
诗句落在灵魂，像露珠落在草尖。

我的爱不能将她挽留，没什么关系。
夜缀满繁星而她没和我在一起。

这就是一切。有人在远方歌唱，在远方。
失去了她，我心不爽。

为了接近她，我的目光将她寻觅。
我的心也在将她寻觅，可她没和我在一起。

同样的夜晚使同样的树木闪着白色的光。
此时的我们与那时的我们已经两样。

此时我已不再爱她，真的，可我曾何等地爱过。
我的声音曾寻找过风，为了将她的听觉触摸。

属于另一个人。她将属于另一个人。像从前她属于我的亲吻。

她大大的眼睛，她明亮的身体。她的声音。

我已不再爱她，真的，但或许还爱。
爱多么短暂，而遗忘又多么漫长。

因为在许多像今晚这样的夜里，她在我怀中。
失去了她，我的灵魂怎能高兴。

虽然这是她使我产生的最后的忧伤
可这些也是我写给她的最后的诗行。

绝望的歌

对你的记忆从我所在的夜晚浮现。
河流向大海倾诉自己滔滔不绝的怨言。

被抛弃的人，像拂晓的码头。
被抛弃的人啊，已经是离开的时候！

寒冷的花冠像雨水落在我的心上。
啊，溺水者残酷的洞穴，废料的底舱！

在你身上积累了战争与飞翔。
从你身上竖起歌唱鸟儿的翅膀。

你吞下了一切，犹如远方。
像海洋，像时光。一切都沉没在你身上！

那是进攻与亲吻的快乐时光。
惊喜的时光，宛似灯塔在点亮。

舵手的焦虑，盲目潜水员的怒火，
爱的陶醉痴迷，一切都在你身上沉没！

雾的童年，我的灵魂生了翅膀并受伤。
迷失的探险者，一切都在你的身上沉没！

你缠绕痛苦，抓住欲望。
悲伤将你打倒，一切都沉没在你身上！

我让阴影的城墙倒退，
我向前走，超越了欲望与行为。

啊，心肝啊，我的心肝，我爱过并失去的女人，
在这潮湿的时刻，我召唤你并为你而歌。

宛似一个杯子，你怀着无限的温柔，
可无限的忘却将你像杯子一样打破。

那是岛屿黑色的，黑色的孤独，正是在那里，
可爱的女人啊，你的双臂拥抱了我。

那里是干渴与饥饿，而你是水果。
那里是痛苦和废墟，而你是奇迹。

女人啊，我不知你怎能将我包容
在你灵魂的土地上，在你双臂的十字中！

我对你的欲望可怕而又短暂，
动荡而又痴迷，紧张而又贪婪。

亲吻的墓地，你的坟里还有火苗，
鸟儿啄食的串串果实还在燃烧。

被咬的双唇啊，被吻过的肢体，
饥饿的牙齿啊，相互纠缠的身躯。

啊，希望与勇气的结合多么疯狂
我们在那里拧成结却又绝望。

那柔情，如水与面粉般细腻。
那话语，宛若双唇间的气息。

那是我的命运，我的渴望在那里跋涉，
又在那里失落，一切都在你的身上沉没！

啊，废料的底仓，一切都落在你身上，
你榨取所有的痛苦，你窒息所有的波浪！

从浪尖到浪尖你依然在燃烧并歌唱。
就像一个水手屹立在船头上。

你仍在歌声中开花，仍在激流中奔腾
啊，废料的底仓，敞开的苦井。

苍白盲目的潜水员，倒霉的投石者，
迷失的探险者，一切都在你身上沉没！

这是离去的时刻，艰巨而又寒冷的时刻
黑夜随时在将它把握。

大海轰鸣的腰带缠绕着海岸。
黑色的鸟儿在迁徙，星星在涌现。

被抛弃的人，像拂晓的码头。
颤抖的影子扭结在我的双手。

啊，一切都已过去。啊，已成过眼烟云。

是离开的时候了。啊，我这被抛弃的人！

大地上的居所

（1925—1935）

RESIDENCIA EN LA TIERRA

生命的每一天都在前额上凋零

冬日情歌

在深海底层，
在夜晚长长的名册中
你沉默不语的名字
宛似一匹马在穿越驰骋。

让我留宿在你的脊背，啊，让我藏躲，
让我在你的镜中出现，突然
从黑暗中，从你身后
在你孤独、夜晚的叶片上萌生。

温柔完美的光明之花，
你亲吻的唇将我报答，
坚定而又细腻的唇
因久别而猛烈地爆发。

现在好了，雨线和雨水的呐喊，
和我一起，从遗忘到遗忘，

在漫长的过程中，栖息
在黑暗之夜的收藏。

线的傍晚将我收容，
当夜幕开始将大地遮笼
一颗充满风的星星
为自己缝衣并在天空颤动。

你的离去直逼我的心底，
你紧紧地蒙住自己的双眼，
你的存在将我穿越，
以为我的心化成了碎片。

诗的艺术

在阴影与空间、饰物与少女当中
具有独特心灵与不幸的梦，
我急剧地苍白，身着愤怒鳏夫的丧服
生命的每一天都在前额上凋零，
啊，为了我昏昏欲睡地饮着的所有无形的水
和颤抖着采集的每一个响声，
我有着同样无形的渴望和同样冰冷的热度，
刚刚出生的听觉，间接的苦闷，
仿佛来了盗贼或幽灵，
在一个坚定而又深刻的广阔的外壳里，
宛若卑微的堂倌，有些沙哑的钟，
古老的镜子，孤零零房屋的味道
一群醉醺醺的宾客在夜间步入其中，
还有丢在地上的衣物的味道，花的思念，
——若非如此，或许还没有那么伤情——
然而，真理，突然，风吹打我心胸，
跌落在我卧室中营养无限的黑夜，

用牺牲燃烧了一日的响声
忧伤地要求我拥有预言和向着呼唤
又得不到回应的目标的冲击，
一种无休止的动，一个模糊的名。

只有死亡

有多少孤孤单单的墓地，
墓里充满无声的尸骨，
心在穿越漆黑
漆黑，漆黑的隧道
像遇难船只，我们从外
向里死去，从皮肤向灵魂
跌落，在心中窒息。

有多少尸体，多少
黏糊糊冰冷墓石的脚，
多少骨骼里的死亡，
像纯粹的声音，
像没有犬的吠声，
发自一些钟，一些坟墓，
在潮湿中增长，像哭泣或雨水一样。

有时，我独自看见，

多少棺材扬帆起航
载着苍白的死者，载着发辫枯死的女人，
天使般洁白的面包师，
嫁给公证员陷入沉思的姑娘，
棺木沿死者们垂直的河，
紫色的河，逆流而上，
鼓足的风帆充满死亡的声音，
充满死亡静静的声响。

死神抵近声响
像无足的鞋子，无身体的服装，
用既无钻石又无手指的指环
叩门，发出无口无舌无喉咙的呼喊。
然而它的脚步发出声响，
它的衣裳发出声响，它默默无语像树一样。

我不知道，知之甚少，几乎看不见，
但我相信它的歌声有湿润的紫罗兰的色调，
那是习惯于大地的紫罗兰，
因为死神的脸是绿色的，
死神的目光是绿色的，
带着紫罗兰叶片锐利的潮湿

和严冬沉重的色调。

但死神也身披扫帚在世上行走，
舐着地面将死人搜寻，
死神骑在扫帚上面，
死神的舌头在寻找尸体，
死神的针在寻找线。
死神在行军床上：
在慢腾腾的床垫，在黑色的毛毯，
活着躺在那里，突然吹气：
吹出阴暗的声响，使一张张床单膨胀，
那些床驶向同一个码头，
他在那里等候，身着舰长的戎装。

船歌

倘若你只触摸我的心，
倘若你将自己的唇，自己细嫩的唇，
自己的牙齿，放在我心上，
倘若你将自己的舌，像红色的箭一样，
放在我布满尘埃的心跳动的地方，
倘若你在大海旁，在我的心上呼气，啼哭，
发出昏暗的声音，带着梦和火车车轮的轰响，
像动荡的水，
像落叶中的秋天，
像血液，
带着潮湿火焰的声音焚烧上苍，
声音像树枝，雨水，梦想，
像悲伤港口的汽笛，
倘若你在我的心上呼气，在大海旁，
像白色幽灵，
在浪花边上，
在风的中途，

在海滨啼哭，像挣脱枷锁的幽灵一样。

像漫延的思念，像突然的钟声，
大海切分心灵的声音，
在孤独的海岸，冒雨垂下黄昏的幕帐，
夜无疑在降临，
海难中旗帜那悲哀的蓝色，
聚集着星星嘶哑的银光。

心在作响，像严厉的海螺
在呼唤，啊，大海，啊，呻吟，啊，焦虑的恐慌
分散在不幸和汹涌的波涛上：
大海将自己倾斜的身影和绿色的虞美人
归咎于那震荡的声响。

倘若你突然存在于一个悲哀的海岸上，
被逝去的白昼包围，
面对一个新生的夜晚
充满波浪，并在
我寒冷恐惧的心上呼气，
在我的心孤独的血液上，
在它带着火焰的鸽子的动作上，

它黑色血液的音节会发出响，
它不停的红色波浪会增长，
而我也会作响，在阴暗处作响，
像死神一样，像充满气体
或啼哭的管子在呼唤
要么就像瓶子冒着恐怖的气泡一样。

就这样，闪电会笼罩你的发辫
而雨水会进入你睁着的双眼
准备你悄悄储存的哭泣，
大海黑色的翅膀盘旋在你身旁，
它有巨大的爪，吼叫和飞翔。

你愿成为孤独的幽灵，孤独地
在海边吹奏自己贫瘠、悲伤的乐器？
倘若你孤身一人在呼叫，
它那魔笛，它那悠长的曲调，
它那受伤的波涛会发出号令，
说不定有人会来到，
从岛屿的山顶，从大海红色的底部，
有人会来到，有人会来到。

有人会来到，愤怒地吹奏，
像破损船只的汽笛声，
像抱怨，像泡沫
和血液中的嘶鸣，
像残酷的水在啃咬自身并发出响声。

在大海的站台
它阴影的海螺像呐喊在回旋，
海鸟将它藐视并逃亡，
它所有的声响，它悲哀的棍棒
矗立在孤独大洋的岸上。

献给费德里科·加西亚·洛尔卡的颂歌

倘若能在孤独的房间里恸哭，
倘若能抠出并吃掉自己的眼睛，
为了你身披丧服的橘树般的声音，
为了你呐喊出来的诗，我会做这样的事情。

因为为了你，医院被涂成蓝色，
学校和海滨在增长，
受伤的天使长满羽毛，
婚宴上的鱼长满鳞片，
刺猬向天空飞翔：
成衣店让黑色的浆膜
充满勺子和血液
并吞下扯断的带子，用亲吻
互相杀戮，身穿洁白的衣裳。
当你穿着桃色的衣裳飞翔，
当飓风般稻谷的笑容洋溢在你脸上，
当你为了歌唱晃动

血管和牙齿，喉咙和手指，
我会为你的温柔而死，
为红色的湖泊而亡，
你生活在那里的秋天
与倒下的战马和流血的神在一起，
我会为一座座公墓而死
它们像灰色的河
充满灵柩和水，
夜晚在窒息的钟声里流淌：
河流像伤员的病房，
在充满大理石号码、腐朽王冠
和丧葬用油的河里，向着死亡暴涨：
为了在夜间看见你，看见
溺死的十字架经过，站立着哭泣，
我愿死去，
因为你面对死亡之河
无依无靠、伤心地流泪，
哭啊，哭啊，眼睛里
充满泪水，泪水，泪水。

倘若能在夜里，失迷地孤独，
在铁路和轮船上，

用黑色的漏斗，啃噬灰烬，
将阴影、烟雾和遗忘收集，
我会这样做
为了你在那里生长的树，
为了你汇集的金色之水的巢
为了遮盖你的骨骼的藤蔓
它们向你传授夜的秘密。

城市带着水灵灵洋葱的味道
等着你沙哑地歌唱着走过，
静悄悄的捕鲸船追踪你，
绿色的燕子在你的头发上筑巢，
此外，蜗牛和岁月，
卷起的桅杆和樱桃树
包围你，义无反顾
当你露出浸在血中的口
和长着十五只眼睛的苍白的头颅。

倘若能让城区充满煤烟
抽泣着将钟表打烂，
那是为了看看何时到达你家
嘴唇破裂的夏天，

外衣挣扎的人群，

光辉凄惨的地区，

死去的犁和虞美人，

掘墓人和骑手们，

星球和血迹斑斑的地图，

布满灰尘的潜水员，

蒙面人拖着

被刀刺伤的姑娘，

根须，血管，医院，

蚂蚁，喷泉，

带着床的夜晚

孤单的骑兵死在蜘蛛中间，

一朵仇恨和别针的玫瑰

一条黄色的航船，

一个带着孩子的刮风天，

到达的还有我和奥利维利奥、诺拉，

维森特·阿莱克桑德雷、黛丽娅，

马鲁卡、马尔瓦·玛丽娜、马丽亚·路易莎和拉尔科，

“金头发”，拉菲尔·乌加特，

科塔波斯、拉菲尔·阿尔贝蒂，

卡洛斯、“宝贝儿”，

马诺洛·阿尔托拉吉雷，莫利纳里，

罗萨莱斯、贡恰·门德斯[1]
和其他我记不起来的人。

来，让我为你加冕，健康
和蝴蝶的青年，纯洁的青年
像一道永远自由的黑色闪电，
让我们交谈，
现在只剩下你我，在岩石中间，
开诚布公，像你我的为人一样，
要不是为了雨露，诗句有什么用场？

若不是为了那个晚上，可恶的匕首
将我们查寻，诗句有什么用场？
为了那一天，那个黄昏，在那破败的角落
那人受打击的心准备死亡。

尤其是晚上，
有许多星星的晚上，
它们在一条
宛若飘带的河流

1 这些人都是两位诗人共同的亲友，多是诗人。

在挤满穷人的家里，紧靠窗。

他们中有人死了，
也许是失去了岗位，
在办公室，医院，
电梯或矿山，
受伤害的人们强忍悲苦
到处都有哭泣和打算：
当星星在无尽的河里流转
有多少哭泣在窗前，
门槛被哭泣磨损，
泪水将卧室湿遍，
像浪一样啃噬地毯。

费德里科，
你看这世界，
醋，街道，
告别在车站上
当灰烟启动了果敢的车轮
向着那除了分别、岩石
和铁轨，什么也没有的地方。

在各地
有那么多人质问。
有流血的盲人，
有的灰心，有的愤怒，
有的悲惨，有带爪的树，
强盗的怀里揣着嫉妒。

费德里科，这就是生活，
这是我伤感而又男性的友谊
能献给你的东西。
你自身就懂得很多，
其余会渐渐懂得。

西班牙在心中[1]

（1937）

ESPAÑA EN EL CORAZÓN

六月的阳光窒息你口中的花朵？

1 该诗集后收入《第三居所》（1935—1945），为第5组诗。

几点说明

你们会问：丁香花今在何处？
还有虞美人蕴涵的玄机？
经常敲打她们的话语
并使其充满小洞
和小鸟的雨水，如今又在哪里？

我要向你们讲一讲自己的遭遇。

我原本生活在马德里
一个有教堂，有钟，
有树木的街区。

从那里可以眺望
卡斯蒂利亚干燥的面庞
宛似一片皮革的海洋。

我的家

有鲜花之家的美誉，
天竺葵遍地盛开：
那是美丽的家，到处
都有小狗与孩子们在嬉戏。

劳尔[1]，你可记得？
拉斐尔[2]，你可记得？
还有你，费德里科[3]？
你在地下
可记得我那带阳台的房舍
六月的阳光窒息你口中的花朵？

兄弟啊，兄弟！
那时节，到处是
沸腾的人声，商品的味道，
热腾腾面包的堆放，
我那阿圭耶斯[4]街区的市场，那里有一尊雕像
宛若鳕鱼中间苍白的墨水瓶一样：

1 指阿根廷诗人劳尔·冈萨雷斯·图尼翁（1905—1975）。
2 指西班牙诗人拉斐尔·阿尔贝蒂（1902—1999）。
3 指西班牙诗人费德里科·加西亚·洛尔卡（1898—1936）。
4 马德里郊外的一个区。

油倒入一把把汤匙，
手与脚
深沉的跳动充满大街小巷，
尺寸，容量，
生活多么喜人的芳香，
成堆的鲜鱼
连接着的屋顶沐浴着寒冷的阳光，
风标上的箭已经疲惫，
马铃薯令人着迷的象牙般的细腻，
西红柿延伸至海岸旁。

一天早上，这一切都被点燃，
一天早上，烈焰
冒出地面，
从那时起，大火
吞食了人群，
从那时起，只有炸药硝烟，
从那时起，只有血流迷漫。

带着飞机和摩尔人的强盗们，
戴着戒指并挽着公爵夫人的强盗们，
带着满口祝福的黑衣教士的强盗们

从天而降来杀害儿童，
孩子们的血流淌在大街上，
大街上，孩子们的血在流淌。

连豺狼都会排斥的豺狼！
连蒺藜都会唾弃的石头！
连毒蛇都会憎恨的毒蛇！

将军们
叛徒们：
请看我死去的家，
请看破碎的西班牙：
然而从每一个死去的家
都会长出燃烧的武器，而不是鲜花，
从西班牙的每一个洞里
都会长出西班牙，
从每一个死去的孩子的身上
都会长出一支有眼睛的步枪，
每一桩罪行都会生出子弹
迟早有一天会射中你们的心房。

你们会问我：为什么你的诗歌

不对我们将祖国的土地、树叶
和雄伟的火山诉说？

请你们来看看鲜血流淌在街上，
来看看
鲜血在街上流淌，
看看鲜血
在街上流淌！

献给阵亡民兵母亲们的歌

他们没有牺牲！
他们像燃烧的导火索
屹立在火药中！

他们纯洁的身影
凝聚在黄铜色的草原上
像装甲之风的护帘，
像愤怒之色的围墙，
像天空无形的胸膛。

母亲们！他们屹立在麦田，
像深邃的正午一样高大，
俯视着辽阔的平原！
他们是黑色的钟声
掠过被杀害的钢铁身躯
将胜利的喜讯频传。
　　　　　　　　　姐妹们

宛若落下的灰尘，
破碎的心，
你们对死者要满怀信任。
他们不仅
是血染的岩石下的根，
不仅是他们被摧毁的可怜的骨骼
依然在大地上耕耘，
还是他们的口依然咬着干燥的炸药
像钢铁的海洋攻击敌人，
他们高举的拳头还在对抗死神。
因为一个无形的生命从那么多躯体上
站起。母亲，旗帜，孩子们！
一个真正生命的活的躯体：
一张眼睛被打破的脸监视着黑暗
用充满大地希望的剑！

请放下
你们黑色的披肩，
让你们的泪水化作武器：
让我们在这里日夜不停地进攻，
日夜不停地跺脚，
日夜不停地唾骂，

直至仇恨之门统统倒下！
我认识你们的儿子，
你们的不幸，我不会忘掉，
我为他们的死骄傲，
同样为他们的生自豪。

他们的笑声

在无声的车间里闪光，
他们的脚步在地铁里
日夜在我身边回响，
在莱万特[1]的橙园，在南方的渔场，
伴随印刷厂的墨香，在建筑物的水泥上
我看到他们坚强的心放射火红的光芒。

母亲们，像在你们心中一样，
我心中也有那么多丧服和死亡
像被扼杀了他们的笑容的血
浸湿的森林一样，
失眠愤怒的阴霾带着白日里

1 莱万特在西班牙东部沿海，属巴伦西亚行政区，当年是西班牙反法西斯战争前线。

令人断肠的孤独闯入我的心房。

但是
被悲痛和死亡煎熬的母亲们，
对那些饥渴的鬣狗，对那些奄奄一息的畜牲，
它们从非洲就叫嚣自己龌龊的荣誉，
不仅要对它们愤怒、蔑视，不仅要哭泣，
更要看看在这崇高的日子诞生的心灵，
要知道你们的死者在大地上微笑
在麦田上将拳头高举在空中。

国际纵队来到马德里[1]

清晨，一个寒冷的月份，
挣扎的月份，被泥泞和硝烟污染的月份，
没有膝盖的月份，被不幸和围困折磨的悲伤的月份，
透过我家湿漉漉的玻璃窗
听得见非洲豺狼用步枪和血淋淋的牙齿嗥叫，
我们除了火药的梦想，没有别的希望，
以为世上只有贪婪、暴戾的魔王，
这时候，冲破马德里寒冷月份的霜冻，
在黎明的朦胧中
我用这双眼睛，用这颗善于洞察的心灵
看到赤诚、刚毅的战士们来了
他们岩石般的纵队

---

1 在西班牙内战期间（1936—1939），有54个国家的工人和进步人士为支援西班牙共和国和人民组成志愿军国际纵队，共七支，三万五千人，于1936年10月抵西班牙参战。1938年9月，被迫撤出西班牙。白求恩、柯棣华等人就是从那里辗转来到中国反法西斯战场的。

机智，坚强，成熟，热情。

那是悲伤的时刻，妇女们
失去亲人的煎熬像可怕的火炭，
西班牙的死神比其他死神更凶残，
布满长着麦苗的农田。

在街上人们伤口的血和从住宅
被毁坏的心流出来的水汇合在一起：
孩子们被折断骨骼，母亲们
披着丧服，令人心碎的沉默，
手无寸铁的人们再也睁不开的眼睛，
这就是损失和悲伤，
就是被玷污的花园，
就是永远被扼杀的鲜花和信仰。

同志们，
这时
我看到你们，
我的眼睛至今仍充满自豪
因为我看见你们冒着清晨的冰霜
来到卡斯蒂亚纯粹的战场，

像黎明前的钟声一样
肃穆，坚强，
你们庄严隆重，蔚蓝的眸子来自远方，
来自你们的角落，你们失去的祖国，
来自你们的梦乡，
满怀燃烧的柔情，肩扛步枪，
来保卫西班牙的城市
这里遭围困的自由正被野兽吞噬
会倒下和死亡。

弟兄们，从现在起
让男女老幼，尽人皆知
你们庄严的历史，你们的纯真，你们的坚毅，
上至奴隶非人的阶梯，
下至硫黄气体腐蚀的矿井，
让它传到所有绝望人们的心底，
让所有的星星，卡斯蒂利亚
和世界上所有的谷穗
都铭记你们的名字，你们严酷的斗争
和像红橡树一样坚实伟大的胜利。
因为你们用自己的牺牲复活了大地的信任，
死去的灵魂，丧失的信仰，

一条无穷无尽的河流，带着钢铁和希望的鸽群，
沿着你们的富饶，你们的高尚，你们战友的遗体
犹如沿着鲜血染红的坚硬岩石的山谷流淌。

哈拉马河之战[1]

在大地和西班牙的死者们
与窒息油橄榄的银白色之间，
哈拉马河，纯洁的匕首，你顶住了
　　肆虐者的狂澜。

心灵被火药镀成金色的人们
从马德里来到此地
像灰烬和抵抗的面包，
　　来到这里。

哈拉马河，在硝烟和钢铁中间
像倒下的水晶的树桩，
又像是对胜利者的奖赏

---

1 哈拉马（Jarama）又译作雅拉玛。有一首歌颂国际纵队的歌曲写道：西班牙有个山谷叫雅拉玛，人们都在怀念她，多少个同志倒在山下，雅拉玛开遍鲜花。国际纵队留在雅拉玛，保卫自由的西班牙，他们宣誓要死守在山下，雅拉玛开遍鲜花。

长长的一串勋章。

无论燃烧造成的地裂
还是飞机的滥炸狂轰
以及惊天动地的大炮都不能
使你的水顺从。

嗜血者们喝了你的水，
喝时嘴巴朝上：西班牙的水，
油橄榄的家乡，叫他们
只剩下遗忘。

摩尔人和叛徒的血管
在时光和水的瞬间，像苦涩
泉水里的鱼，在你的
闪光里打颤。

你的人民粗犷的面粉
因枪弹和尸骨而布满荆棘，
肥沃麦田的人民，就像你捍卫的
崇高的土地。

哈拉马河，为了诉说你管辖的
光辉的地域，我的手苍白，
我的口无语：牺牲的人们
　　长眠在这里。

那里有你痛苦的蓝天，岩石的
和平，你的水流波光闪闪，
你的人民永远明亮的眼睛
　　警戒着你的河岸。

佛朗哥将军在地狱

胆小鬼，无论火爆女巫们巢穴中的火
或滚热的醋，也无论贪婪的冰
还是腐烂的乌龟用女鬼的声音
在你的肚子上嚎哭抓刨
将结婚戒指与无头小孩的玩具找寻，
这一切，对你而言，不过是一扇昏暗、平常的门。

的确。
从地狱到地狱，有什么？在你的军团的嚎叫里，
在西班牙的母亲们神圣的乳汁中，
在沿途被践踏的乳汁和乳房上，
还有一个村庄，一片静默，一座破碎的门廊。

你就在这里。悲惨的眼睑，
坟墓上可恶母鸡的粪便，肮脏的浓痰，
鲜血抹不去的缩写的背叛。你是谁，是谁？
啊，不幸的可悲的叶片，啊，大地上的恶犬，

阴影不该降生的惨淡。

不留灰烬的火焰在后退，
地狱咸的渴望，苦的圆满
变得一片黯然。

可恶的家伙，只有人性在和你周旋，
在万物绝对的火中，你不会耗完，
在时间的阶梯上，你不会转向，
熔化的玻璃与残酷的浪花都无法将你洞穿。

为了汇合在一起的所有的眼泪，
为了死亡之手和腐烂眼睛的永恒，
你独自，独自在地狱的洞穴中，
吞食脓与血的寂静，仅仅
为了一个令人诅咒的永恒。

你不配有睡眠

哪怕用别针别住你的眼睑：
将军，你必须醒着，永远醒着，
在秋天遭机枪扫射的
刚刚分娩的腐烂尸体中间。
所有的妇女，所有被肢解的悲惨的儿童，

僵硬地吊在你的地狱里，等着寒冷的
节日：你下地狱的那一天。
　　　　　　　　　　　　被爆炸熏黑的儿童，
脑浆的红色碎块，柔软的肠子，都在等，
以同一个姿势在等你，或穿过街道，或踢球，
或啃水果，或微笑或出生。

微笑。
被鲜血扭曲的笑容
有着七零八落的牙齿
戴着不知用何物制成的面具，
被持久的火药炸破的脸庞，
无名的幽灵，暗藏的阴影，
从不离开瓦砾床铺的儿童
都在等你。为了度过黑夜
大家都在等你。他们挤满了走廊，
像腐烂的海藻一样。

　　　　　　　　他们属于我们，
我们的肌体，我们的健康，
我们铁一样的和平，
我们空气与肺的海洋。

通过他们，干涸的土地本应鲜花绽放。
现在，他们都在你的地狱里等你，
因为在大地的那一边，
精华，物质，面粉
在遭受摧残，屠戮，死亡。

可怕的恐惧或悲伤会耗尽，
等候你的既不是恐惧也不是悲伤。
你恶贯满盈而且孤独，
在所有的死者中，你孤独并无法进入梦乡，
让鲜血像雨水般落在你身上，
让一条被剜出的眼睛挣扎的河流
在你身上掠过并盯着你
无休止地流淌。

马德里，1937

此时此刻，我想起一切和所有人，
深深地沉浸在
那些地区——声音和笔
轻轻地敲击，它们存在于大地
又超越大地。今天
开始了新的冬季。

　　　　　　　　　在那座城市，
我所爱的都在那里，现在没有面包
也没有光明：一块冰冷的玻璃
落在干枯的天竺葵上。榴弹炮炸开
夜间黑色的梦想，像淌血的耕牛一样：
拂晓的工事里空无一人，
只有一辆破车：已长满苔藓，
被焚毁的房屋，血已流尽，家徒四壁，
门开向天空，燕子已无踪影
只有时代的寂静：市场开始
摆出可怜的绿色，还有柑橘和鱼，

每天通过血液流到这里
交到姐妹和孀妇手上。
身着丧服的城市，破损，创伤，
毁坏，打击，千疮百孔，遍地
是血迹和破碎的玻璃，没有夜晚的城市，
全是夜晚，寂静，轰响和英雄，
现在又是更赤裸、更孤单的冬季，
没有面粉，没有脚步声响，只有
　　士兵们的月亮。
　　　　　　　　　属于全体和大家。

　　　　　　　　　暗淡的太阳，我们
失去的血，恐惧，震颤的心在哭泣。
眼泪像沉重的子弹落在你昏暗的土地，
发出鸽子坠落的声响，死神
永远握紧的手掌，每天，每夜，每周，
每月的血。不谈你们，沉睡
和清醒的英雄们，不谈用卓越的意志
使大地江河颤抖的你们，
此时此刻，我倾听街上的时间，
有人在和我说话，冬天又来到
我居住的饭店，

我听到的只有城市
和被毒蛇泡沫似的战火
团团围住，被地狱的洪水
袭击的远处。
那是在一年多以前
那些戴面具的人触及你的人性之岸
碰到你带电的血便命丧黄泉：
摩尔人的口袋，叛徒的口袋，
纷纷滚到你岩石般的脚下：无论是硝烟
还是死神都无法征服你燃烧的城垣。
那时，
那时，有什么？有，那是些丧尽天良的人们，
贪得无厌的人们：洁白的城市，他们窥伺着你，
面目可疑的主教，酸腐、封建的少爷们，
手里有三十枚银币[1]叮当作响的将军们：
一群雨水似的假圣女，
一帮腐烂的大使，
一伙可悲的军犬在向你的城垣发起攻击。

1 据《圣经·新约》，耶稣的门徒犹大为了三十枚银币出卖了耶稣。

赞美你，在云端，用光线，
用干杯，用利剑，
用淌血的前额，鲜血染红的岩石，
坚强甜蜜的滑行，
武装的闪电上明亮的摇篮，
坚固的城堡，血的天空
蜜蜂从那里诞生。

　　　　　　　　今天还活着的你，胡安，
佩德罗，今天你还在察看，憧憬，睡眠，用餐：
今夜没有灯光，目不转睛地警戒，
在水泥工事里，在被切割的土地上，孤孤单单，
从悲哀的铁丝网，到南方，在周围，在中间，
没有神秘，没有苍天，
像一条生命线一样的人群捍卫着
被火焰包围的城市：马德里，星际的打击、
火的洗礼，使她无比坚强：
大地和守夜沐浴着胜利的高高的寂静：
无数的桂花环绕身旁，
像一朵残破的玫瑰在绽放。

阳光颂歌献给人民军队

人民的武装！在这里！威胁
围困还掺杂着死亡，恶劣的蛇蝎，
笼罩在大地上！
　　　　　　　　　致敬，致敬，
全世界的母亲向你致敬，
学校向你致敬，人民的军队啊，
年长的木工向你致敬，用麦穗，
牛奶，马铃薯，桂花，柠檬，
用大地长出和人类口中的一切
向你致敬。
　　　　　　　一切，像人手构成的项链，
像闪电的矜持，像腰带在颤动，一切
为你准备，一切向你集中！
　　　　　　　　　　　　　　钢铁的日子，
蓝色的防线！
　　　　　　　　兄弟们，向前，
在耕耘的土地上向前，在干燥、无眠

亢奋、磨损的夜晚向前，
在葡萄园之间，踏着岩石寒冷的颜色向前，
致敬，致敬，继续向前。
比冬天的声音更锋利，
比霹雳的顶端更稳固，比眼睑更敏感，
像快捷的钻石那样精确，新的战神，
如同地心的钢水一样，
如同鲜花和葡萄酒，如同喷薄欲出的岩浆，
如同所有绿叶的根，如同大地上所有的芳香。
致敬，士兵们，致敬，红色的拓荒，
致敬，顽强的三叶草，致敬，沐浴着
闪电之光的村庄，致敬，致敬，致敬，
向前，向前，向前，
越过墓地，越过矿山，面对叛徒毛骨悚然的恐惧，
面对死神令人憎恶的贪婪，
人民，说到做到的人民，勇敢加步枪，
步枪加勇敢，向前。
摄影师，矿工，铁路员工，
煤矿和采石场的弟兄，铁锤的亲友，
森林，快乐射击的节日，向前，
游击队员，首长，班长，政委，
人民的飞行员，夜袭的战士，

海军战士，向前：

你们面前，只有一条垂死的锁链，

一个臭鱼的弹坑，向前！

只有挣扎的尸体，

只有脓血淋漓的沼泽，

所向披靡；西班牙，向前，

向前，人民的钟声，

向前，苹果的产地，

向前，谷物的旗帜，

向前，火的大写字母，

因为在斗争中，在波涛间，在草原，

在高山，在硝烟弥漫的黄昏，

你们带来永恒的新生，

带来生生不息的信念。

　　　　　　　　　　与此同时，

为了最后的胜利，

寂静中长出根和花冠：

每个工具，每个红色的车轮，

每把锯或每张犁，

地面的每个萌芽，血的每一次抖动

都愿跟随你——人民军队的步伐：

你给被遗忘的穷苦人带来光明，

你的永恒之星将灿烂的光芒钉进死神
并点亮希望新的眼睛。

漫歌

（1950）

CANTO GENERAL

书籍像纪念碑一样明亮：

一本书讲述一位英雄，

讲述每一毫米的死亡，

讲述每一个花瓣不可磨灭的荣光。

一　大地上的灯[1]

爱的亚美利加

（1400）[2]

在礼服与假发到来之前
只有河流，动脉般的河流；
只有山川，在破损的峰峦之间；
秃鹰和白雪仿佛一动不动，
只有潮湿与浓密，尚无名字的
雷电，无尽的草原。

人就是土地，是容器，
是颤动的泥浆的眼皮，陶土的形体，
加勒比的罐子，奇布查[3]的石头，

---

1 选自原诗集第一章。

2《漫歌》从哥伦布到达美洲（1492）之前写起，所以作者标为1400年；第一句诗中的“礼服与假发”即欧洲人的象征。

3 哥伦比亚境内的印第安人。

帝国的酒杯或阿劳科[1]的硅石。
他温柔又有血性，然而他那湿润晶石武器的
把柄上
却铭刻着
大地的象征。
　　　　　　后来
无人能记起它们：风
将它们忘却，水的语言
被埋葬，暗语已经失踪
或被淹没在寂静与血泊中。

牧人兄弟们，生命没有消逝。
然而就像一朵野玫瑰
在繁茂中落下一点红
便是熄灭大地的一盏灯。

我来此是为了讲述历史。
从水牛的平静
到大地尽头被拍打的沙滩，
在极地光辉聚集的浪花里，

---

1 智利境内的印第安人，曾英勇抗击西班牙征服者。

沿着委内瑞拉阴暗陡峭的洞穴
我寻找过你，我的父亲，
铜与雾的年轻武士，
啊，还有你，新婚的植物，不驯服的毛发，
鳄鱼母亲，金属鸽子。

我，土生土长的印加人，
敲着石头说过：
是谁
在等候着我？在一把
透明的水晶上，
我把手紧握。
然而我走在萨波特克[1]的花丛里
阳光像温柔的小鹿
阴影像绿色的眼皮。

无名的还不叫亚美利加的土地，
时开时谢的花蕊，染血的矛头，
你的芳香从我的心里
一直沁入我的酒杯，直至我的口中

1 墨西哥的印第安部族。

尚未诞生的最精美的言语。

1

植物

风从其他的领域
降临这无名而又无垠的土地，
雨水带来千万条天上的线
而湿润的祭坛上的神灵
将花朵和生命奉还。

时间在沃土中蔓延。

蓝花楹[1]
高擎海外光辉的浪花，
长矛耸立的南美杉[2]
誓与白雪争高下，

1 一种热带地区开花的树木。
2 智利的一种树木，因阿劳科人而得名。

显赫的桃花心树
从树冠蒸馏着血滴，
在落叶松的南方，
雷鸣树，母亲树，
长刺的树，赤红的树，
朱砂木棉，橡胶树，
它们都是大地的组成部分，
都是声音，都是领土本身。

一种新的芬芳四处洋溢
通过大地的裂缝，
充满人的呼吸，
使人呼出烟雾和香气：
野生的烟草
将梦一样的花朵举起。
玉米出现了，宛似顶端
化作火焰的长矛，它的躯体
脱粒后又重新诞生
将玉米粉撒向各地，
它的根下埋葬着死者，
然后在自己的摇篮里
注视着植物之神的发育。

波纹起伏，旷野茫茫，
胚芽与花蒂浓密的光，
无情多雨的纬度、泉边的深夜、
清晨的池塘，用尘世的油脂
哺育起盲目的黎明
它们将风的种子
撒在山脉的羽毛上。
即使在宛若大地画卷的平原，
在清凉的繁星下面，
野草之王——翁布[1]也会用它的根
和枝条的缰绳将草原驾驭，
将自由的风和呼啸的飞翔阻拦。

林木茂盛的亚美利加，
海洋之间的野生黑莓，
绿色的宝库，你使自己的浓密
在极地之间漂浮。
黑夜萌生
在神圣果壳的城市，

---

1 生长在南美草原上的一种树木，皮厚并呈白色，开长串的花朵，枝叶繁茂。

在声音响亮的林场，

在宽大的叶片——

它们将胚胎的岩石、将诞生遮掩。

绿色的子宫，丰盛的宝库，

亚美利加种子的碧毯，

一根枝条宛似一个岛屿的诞生，

一片叶子就是一把剑的造型，

一朵花是闪电是水母，

一串果实变得圆润，

一条根下沉到黑暗中。

2

兽类

那是鬣蜥的黄昏。

它的舌头像投枪一样

从彩虹般的棘状鳞

向绿色挺进，

蚂蚁修士迈着和谐的步履

走过森林，

小巧的羊驼仿佛氧气，

穿着金靴

在褐色宽广的山间走动，

骆马在洒满

露珠的精美世界中

睁开了天真的眼睛。

猴子们在黎明的岸边

编织着一条

永无休止的情爱之线，

将花粉的墙壁推翻，

将穆索[1]蝶群紫色的飞翔惊散。

那是鳄鱼的夜晚，繁衍的夜晚，

长长的嘴巴伸出泥潭，

隐隐约约的甲胄声

又从梦幻般的沼泽

返回大地的根源。

美洲豹用忽隐忽现的磷光

将树叶晃摇，

---

1 哥伦比亚境内的一座城镇，附近有大量的彩蝶和美丽的昆虫。

美洲狮宛似吞噬一切的火
在枝条间奔跑
而森林沉醉的眼睛
在它身上燃烧。
欧亚獾搔着河流的脚，
嗅着寻找洞穴，用红色的牙齿
攻击那里诱人的美味。

在广阔的水底，
巨大的水蛇
宛似大地上的圆环
身披庆典的泥土
笃信宗教而又凶狠贪婪。

3

鸟儿来了

在我们的土地上，一切都在飞翔。
当红冠鸟宛似一滴滴
血和羽毛，

染红了阿纳瓦克[1]的晨曦。

巨嘴鸟是一只
盛着鲜亮水果的可爱盒子，
蜂鸟保存着
闪电特有的闪耀
而它那细小的火苗
在静止的空气中燃烧。

显赫的鹦鹉
充满叶丛深处，
宛似碧绿的金锭
刚露出深深的沼泽，
它圆圆的眼睛上
一个黄色的环在观看，
古老得像矿山。
天空中的鹰
都在渺无人迹的蓝天
滋补血腥的饥肠，
秃鹫，凶杀之王，
天上孤独的僧侣，雪中黑色的符咒，

1 墨西哥中部高原的名字，原文是纳瓦特尔语，意为“水边”。

鹰隼家族中的飓风
驾着食肉者的翅膀
在世上翱翔。

灶鸟巧夺天工，
用芳香的泥土
搭起响亮的小小歌厅
从那里传出动听的歌声。
夜鹰在神圣的水塘岸边
不停地发出湿润的叫喊。
阿劳科的雌鸽在灌木丛中
筑起简陋的巢房，
将真正的礼物留在里面：
那一个个闪着蓝黑色光芒的卵。

南方的长尾草地鹨[1]，秋天
芳香温柔的木匠，
炫耀红星
闪烁的胸膛，

1 鸟类，分布于南美洲。

南方的红领带鸦[1]
吹奏起刚刚从水的永恒中
拾起的笛子。
然而火烈鸟
却像睡莲一样湿润
打开教堂鲜红的大门，
像霞光一样飞舞
远离闷热的树林，
那里吊挂着格查尔鸟[2]的宝石
它突然惊醒，
活动起来、滑行起来、闪烁着光芒，
让它那贞节的烈焰飞翔。

一座大山似的鸟儿
飞向海岛，
一轮明月似的飞禽
奔向南方，
飞行在秘鲁激荡的岛屿上。
这是一条影子汇聚的河流，

---

1 智利南部的一种鸟。

2 美洲热带地区的一种攀禽，尾长，头上有绿色的冠羽。

是无数小小的心灵
组成的一颗彗星，
它们遮天蔽日
宛如一颗拖着沉重尾巴的星体
向着群岛跳跃而去。

从怒涛汹涌的大海的尽头，
冒着大洋的风雨，
信天翁的翅膀出现了
宛似两个海盐造就的系统，
迎着两旁的阵阵激浪
在寂静中
建立孤独的秩序。

4

河流赶到

一条条河流爱恋着你，蓝色的水
和透明的水珠将你冲击，
你那啃咬苹果的黑色女神的幽灵
宛如一棵充满血脉的大树：

当你赤裸着醒来
已被河流纹身，
世界在你头颅的顶部
撒满新的露珠。
流水沿着你的腰部激荡，
泉水在你的全身流淌，
湖泊在你的前额闪光。
你从森林母亲那里收集水源
宛似生命的泪珠一样，
度过行星的夜晚，
拖着泥沙的河床，
穿越遍地粗糙的岩石，
一路上
移开石英的肌体，
打碎各种地质的盐矿。

奥里诺科河[1]

奥里诺科，让我留在
你那没有钟点的时刻的岸边：

1 南美的重要河流，流经亚马孙地区，入加勒比海。

让我像当时那样赤身行走，

进入你洗礼时的黑暗。

水色殷红的奥里诺科，

让我将归来的双手

伸进你母亲的怀中，

伸进你的流程，

种族之河啊，根的故乡，

你宏亮的都必声响，粗犷的坦荡

来自生我养我的地方，

来自高尚而又可怜的孤寂，

来自一个宛似鲜血的秘密，

来自一个黏土造就的沉默母亲的怀里。

亚马孙河

亚马孙河

水的音节的国都，

族长之父，

你是孕育万物

神秘的永恒，

河流像鸟儿一样

Veinte poemas de amor

［智利］巴勃罗·聂鲁达 著

赵振江 译

Me gustas cuando callas porque estás como ausente, y me oyes desde lejos, y mi voz no te toca. Parece que los ojos se te hubieran volado y parece que un beso te cerrara la boca. Como todas las cosas están llen
alma emerges de las cosas llena del alma mía.

中西双语联诵

二十首情诗

（选四首）

Pablo Neruda

扫码收听中西双语朗读

（可供三个微信号扫码免费聆听）

汉语朗读人 **王幸**

侧耳团队成员　SMG《新闻坊》栏目主播

西语朗读人 **陈拓**

《看不见的河流：聂鲁达文选》译者

为了让你听得见我的话语

为了让你
听得见我的话语
它们有时细得
像海鸥在沙滩上的足迹。

项链，陶醉的铃铛
献到你像葡萄般柔软的手上。

我望着自己在远方的话语。
它们其实更属于你。
它们像常春藤一样爬上我痛苦的往昔。

它们这样攀上潮湿的墙壁。
这淌血的游戏，由你引起。

它们正在逃离我阴暗的巢穴。
你无所不在，充满一切。

它们先于你，占据了你的孤独，
它们比你更习惯于我的愁苦。

此刻我愿它们道出我对你的诉说
为了让你听到它们如同听到我。

Para que tú me oigas

Para que tú me oigas
mis palabras
se adelgazan a veces
como las huellas de las gaviotas en las playas.

Collar, cascabel ebrio
para tus manos suaves como las uvas.

Y las miro lejanas mis palabras.
Más que mías son tuyas.
Van trepando en mi viejo dolor como las yedras.

Ellas trepan así por las paredes húmedas.
Eres tú la culpable de este juego sangriento.

Ellas están huyendo de mi guarida oscura.
Todo lo llenas tú, todo lo llenas.

Antes que tú poblaron la soledad que ocupas,
y están acostumbradas más que tú a mi tristeza.

Ahora quiero que digan lo que quiero decirte
para que tú las oigas como quiero que me oigas.

苦闷的风依然常常将它们拖跑。
梦幻的狂飙依然不时将它们横扫。

在我痛苦的声音中你会听到别的声音。
古老口中的哭泣，古老乞求的血滴。

伴侣啊，爱我吧。跟着我，别将我抛弃。
伴侣啊，跟着我，在这苦恼的波涛里。

我的话语会染上你的爱的色彩。
你占据了一切，无所不在。

我要用所有的话语做成一条长长的项链
献给你洁白的双手，她们像葡萄一样柔软。

El viento de la angustia aún las suele arrastrar.
Huracanes de sueños aún a veces las tumban.

Escuchas otras voces en mi voz dolorida.
Llanto de viejas bocas, sangre de viejas súplicas.

Ámame, compañera. No me abandones. Sígueme.
Sígueme, compañera, en esa ola de angustia.

Pero se van tiñendo con tu amor mis palabras.
Todo lo ocupas tú, todo lo ocupas.

Voy haciendo de todas un collar infinito
para tus blancas manos, suaves como las uvas.

我记得你宛若去年秋天的模样

我记得你宛若去年秋天的模样。
灰色的贝雷帽，平静的心情。
叶片纷纷落在你灵魂的水面。
黄昏的火焰搏斗，在你的眼中。

你像一条藤蔓将我的双臂缠紧，
叶片在收集你缓慢、平静的声音。
我的渴望在惊愕的篝火里燃烧。
蓝色温柔的风信子倒向我的灵魂。

我感到你的眼睛在漫游，而秋天多么遥远：
灰色的贝雷帽，鸟儿的啼鸣和家的心田，
我深切的欲望向那里迁徙
我快乐的亲吻火炭般落在那里。

从船上仰望天空。从山冈将田野眺望。
你的记忆是光芒、烟雾与平静的池塘！
晚霞在你眼睛的深处燃烧。
秋天的落叶盘旋在你的灵魂上。

Te recuerdo como eras en el último otoño.

Te recuerdo como eras en el último otoño.
Eras la boina gris y el corazón en calma.
En tus ojos peleaban las llamas del crepúsculo
Y las hojas caían en el agua de tu alma.

Apegada a mis brazos como una enredadera.
las hojas recogían tu voz lenta y en calma.
Hoguera de estupor en que mi sed ardía.
Dulce jacinto azul torcido sobre mi alma.

Siento viajar tus ojos y es distante el otoño:
boina gris, voz de pájaro y corazón de casa
hacia donde emigraban mis profundos anhelos
y caían mis besos alegres como brasas.

Cielo desde un navío. Campo desde los cerros.
Tu recuerdo es de luz, de humo, de estanque en calma !
Más allá de tus ojos ardían los crepúsculos.
Hojas secas de otoño giraban en tu alma.

你沉默时令我欢欣

你沉默时令我欢欣，好像身边没有你这个人，
你从远方听我说话，却又接触不到我的声音。
你的眼睛好像已经飞走
又好像一个亲吻合上了你的双唇。

由于世间万物充满我的灵魂
你浮在万物之上，同样充满我的灵魂。
梦之蝶啊，你就像我的灵魂
就像与“忧伤”同义谐音。

你沉默时令我欢畅，好像是在远方。
窃窃私语的蝴蝶啊，好像是牢骚满腔。
在远方倾听，我的声音到不了你耳旁：
用你的沉默叫我也不声不响。

让我也用你的沉默对你讲
它就像戒指一样纯朴，像灯盏一样明亮。
你就像沉默不语、满天星斗的夜色。
你的沉默就是星星的沉默，遥远而又平常。

你沉默时让我喜欢，因为你似乎不在我身边。
多么痛苦，多么遥远，好像已离开人间。
这时一个词语、一个微笑足矣，
我会心花怒放，因为你就在我面前。

Me gustas cuando callas

Me gustas cuando callas porque estás como ausente,
y me oyes desde lejos, y mi voz no te toca.
Parece que los ojos se te hubieran volado
y parece que un beso te cerrara la boca.

Como todas las cosas están llenas de mi alma
emerges de las cosas, llena del alma mía.
Mariposa de sueño, te pareces a mi alma,
y te pareces a la palabra melancolía;

Me gustas cuando callas y estás como distante.
Y estás como quejándote, mariposa en arrullo.
Y me oyes desde lejos, y mi voz no te alcanza:
déjame que me calle con el silencio tuyo.

Déjame que te hable también con tu silencio
claro como una lámpara, simple como un anillo.
Eres como la noche, callada y constelada.
Tu silencio es de estrella, tan lejano y sencillo.

Me gustas cuando callas porque estás como ausente.
Distante y dolorosa como si hubieras muerto.
Una palabra entonces, una sonrisa bastan.
Y estoy alegre, alegre de que no sea cierto.

今晚我能写下最忧伤的诗句

今晚我能写下最忧伤的诗句。

比如："夜缀满繁星，
蓝色的星星在远方颤抖。"

夜风在歌唱并在天空盘旋。

今晚我能写下最忧伤的诗句。
我爱她，有时她也爱我。

许多像今晚这样的夜，她在我怀中。
我吻她多少次啊，沐浴着无垠的天空。

她爱我，有时我也爱她。
怎能不爱她那双坚定的大眼睛。

今晚我能写下最忧伤的诗句。
想到她已不和我在一起。感到我已将她失去。

倾听无限的夜晚，没有她更加无限。
诗句落在灵魂，像露珠落在草尖。

我的爱不能将她挽留，没什么关系。
夜缀满繁星而她没和我在一起。

Puedo escribir los versos más tristes esta noche

Puedo escribir los versos más tristes esta noche.

Escribir, por ejemplo: "La noche está estrellada,
y tiritan, azules, los astros, a lo lejos".

El viento de la noche gira en el cielo y canta.

Puedo escribir los versos más tristes esta noche.
Yo la quise, y a veces ella también me quiso.

En las noches como ésta la tuve entre mis brazos.
La besé tantas veces bajo el cielo infinito.

Ella me quiso, a veces yo también la quería.
Cómo no haber amado sus grandes ojos fijos.

Puedo escribir los versos más tristes esta noche.
Pensar que no la tengo. Sentir que la he perdido.

Oír la noche inmensa, más inmensa sin ella.
Y el verso cae al alma como al pasto el rocío.

Qué importa que mi amor no pudiera guardarla.
La noche está estrellada y ella no está conmigo.

这就是一切。有人在远方歌唱，在远方。
失去了她，我心不爽。

为了接近她，我的目光将她寻觅。
我的心也在将她寻觅，可她没和我在一起。

同样的夜晚使同样的树木闪着白色的光。
此时的我们与那时的我们已经两样。

此时我已不再爱她，真的，可我曾何等地爱过。
我的声音曾寻找过风，为了将她的听觉触摸。

属于另一个人。她将属于另一个人。像从前她属于我的亲吻。
她大大的眼睛，她明亮的身体。她的声音。

我已不再爱她，真的，但或许还爱。
爱多么短暂，而遗忘又多么漫长。

因为在许多像今晚这样的夜里，她在我怀中。
失去了她，我的灵魂怎能高兴。

虽然这是她使我产生的最后的忧伤
可这些也是我写给她的最后的诗行。

Eso es todo. A lo lejos alguien canta. A lo lejos.
Mi alma no se contenta con haberla perdido.

Como para acercarla mi mirada la busca.
Mi corazón la busca, y ella no está conmigo.

La misma noche que hace blanquear los mismos árboles.
Nosotros, los de entonces, ya no somos los mismos.

Ya no la quiero, es cierto, pero cuánto la quise.
Mi voz buscaba el viento para tocar su oído.

De otro. Será de otro. Como antes de mis besos.
Su voz, su cuerpo claro. Sus ojos infinitos.

Ya no la quiero, es cierto, pero tal vez la quiero.
Es tan corto el amor, y es tan largo el olvido.

Porque en noches como esta la tuve entre mis brazos,
mi alma no se contenta con haberla perdido.

Aunque éste sea el último dolor que ella me causa,
y éstos sean los últimos versos que yo le escribo.

落在你身上，

大红的雌蕊将你覆盖，

死去的巨大树干使你充满芳香，

月亮也无法将你看守和测量。

你饱含绿色的精子

宛似一棵新婚之树，

野性的春天使你泛着银光，

木材使你发红，

岩石的月光使你变蓝，

你有时又身披铁色蒸气的衣裳，

像一条行星之路，缓缓地流淌。

特肯达马河[1]

特肯达马，

你可记得自己

在高山上不留痕迹

而又孤独的步履，

孤孤单单的线，瘦弱的意志，

---

1 在哥伦比亚境内，河上有高达145米的瀑布。

通上的路，白金的飞矢，
你可记得自己一步一步地
冲开一道道金墙
直至在空洞岩石
可怕的舞台上从天而降？

比奥比奥河[1]

告诉我，比奥比奥，
你的话同时
也在我的嘴上滑动。
你给我语言，给我以雨水和叶丛
混在一起的夜晚的歌声。
你，向我这谁都不屑一顾的孩子
讲述大地的黎明，
讲述那被一束死的箭埋葬的斧头，
讲述你的王国里强大的和平，
还有肉桂的叶子
对你千年的诉说，

---

1 智利最大的河流，全长380公里，入太平洋。

后来我看见你
化作无数的嘴和乳房，
多姿多彩，浩浩荡荡，
喃喃地讲着这血色的故事
投入辽阔的海洋。

5

矿藏

金属之母啊，人们将你焚烧，
将你咬碎，将你煎熬，
将你侵蚀，后来偶像已然
不能保护你，便让你腐烂。
藤蔓向着
森林之夜的头发攀缘，
桃花心木做成的箭杆，
收纳在华丽阁楼上的铁器，
家乡滑翔的雄鹰
那高悬的利爪，
陌生的流水，可恶的太阳，

浪花凶狠的波浪，
潜伏的鲨鱼，
南方群山的牙齿，
身披羽毛，因含毒汁
而罕见的蛇神，
飞鸟和蚁群
传来的祖先的热病，
大片的沼泽，
长着酸性尖刺的蝴蝶，
近乎金属的木头，
这不怀好意者的合唱
为什么不捍卫宝藏？

黑色岩石的母亲
这岩石会使你的睫毛
染上血红的颜色！
作为太阳神父的饰物，
绿宝石刚刚从自己的营盘、
从神奇的闪光中诞生，
铜还在硫化状态中沉睡未醒，
锑正在我们星球的深处
一层一层地攀登。

煤乌黑发亮，
闪烁着与白雪截然相反的黑色光芒，
黑色的冰嵌入大地
一动不动的暴风雨中，
而此时黄鸟的光芒
将硫黄的河流埋葬
在冰冻的山峦脚下。
钨磨砺着刀刃，
铋编织着医药的发辫，
钒为了进入黄金的厅堂
穿起雨水的衣裳。

被误认的萤火虫
依然在高处
将一滴一滴的磷
撒向深渊的沟壑
和含铁的山峰。
地下的蓝宝石
是大自然的葡萄园。
高原上的小战士
身穿锡袍而眠。

在绿意盎然
未被埋葬的黑暗中
铜犯下种种罪行，
在日积月累的宁静里
那些摧毁一切的木乃伊正酣然入梦。
在奇布查人的温柔中
黄金离开昏暗的庙宇，
向武士们缓缓移动，
化作红色的花蕊，
化作大地的磷火，
化作神奇的牙齿，
化作坦荡的心灵。
那时候我在酣睡
梦见一颗种子、一个幼虫。
和你一起走下
克雷塔罗[1]一级一级的石磴。
朦胧月光的岩石，
渔民蛋白石的首饰，
教堂里被紫水晶
冻结的枯树，

1 墨西哥的州府，拿破仑派去的皇帝马克西米利亚诺在那里被处决（1867）。

都曾为我等候。

黄金丰富的哥伦比亚，
你怎会知道
你那些赤裸的岩石
隐藏着黄金猛烈的风暴？
绿宝石的家乡，
你怎会看到
死亡和大海的珍宝，
那令人不寒而栗的烈焰，
浇入侵者魁首们的咽喉？

你曾经只是单纯的岩石，
盐所培育的玫瑰，
被埋葬的邪恶的泪滴，
动脉昏睡的美人鱼，
颠茄，黑色的蛇。
（当棕榈树将它的立柱
散成高高的梳子，
盐渐渐剥夺了
山峦的光辉，
将树叶上的雨珠
化作石英岩的外衣，

将枞树
化作煤的大路。）

我驾着飓风奔赴危险，
降落到绿宝石的光明，
上升到红玉的藤蔓，
却在沙漠中平卧的硝石雕像上
永远地沉默。
我看见锡
如何从骨质高原的灰烬中
将珊瑚状的毒枝举起，
直到像一片森林般
展开昼夜弥漫的雾气，
直到掩盖了
我们谷物王朝的标记。

6

人类

因为陶土的杯子

是矿物的种族，
所以岩石和大气所造就的人
也就像泥罐一般纯洁、响亮。
月亮揉搓出加勒比人，
提取出神圣的氧气，
捣碎了花朵和根。
岛上的人
用硫黄色的花线
编织着花束和花环，
海怪兴起了海风，
岸边浪花飞溅。

塔拉乌马拉人[1]身披荆棘，
在西北部的土地，
用血与燧石创造出火种，
而世界又一次
在塔拉斯科人[2]的黏土里诞生：
爱的大地上的神话，
在雨露的丰腴中，

1 墨西哥印第安人部落，居住在奇瓦瓦州境内。
2 墨西哥古代民族，分布在西北各州境内。

狂热的果实和性爱的污泥，
变成神的态度
或器皿苍白的壁。

祭司们走下
阿兹特克人[1]的台阶
宛似色彩斑斓的山鸡。
三角形的石级
支撑着服饰上
无数的闪电。
雄伟的金字塔，
岩石叠着岩石，挣扎与傲慢，
在它驾驭一切的结构中
保藏着一颗
牺牲者杏核般的心灵。
鲜血沿着
神圣的石阶流下，
伴着号叫似的雷声。
村中的人群
却依然织着纤维，

1 墨西哥印第安人的一支，创造了阿兹特克文明。

期盼美好的收成，
编着羽毛的辉煌，
将绿宝石打动，
在千头万绪的织物中
展现世界的光明。

玛雅人，你们曾经
砍倒知识之树。
以谷物的气息
建立起审查与死亡的制度，
你们在地下的湖泊
抛入黄金的情人，
探测胚芽的住地。

奇琴[1]人，你们的声音
在森林的黎明中增长。
你们用劳作
在黄色的小城中
建起对称的蜂房，
你们用思想

1 即奇琴伊察，玛雅人的古都，位于尤卡坦半岛。

威胁着神像底座上的血，
使天堂变得昏暗，
使医学得到发扬，
在岩石上写下不朽的篇章。

南方是一派金黄的奇异景象。
天门上的马丘比丘[1]
其巍峨的孤独
充满油脂和歌声，
人捣毁了大鸟
高高的居所，
在群峰间新的领地上，
劳动者抚摩着种子
尽管他的指头已被冰雪冻伤。
宛似塔楼和谷仓的宝座，
库斯科正出现曙光，
而那面色苍白的种族
是世界中沉思的花朵，

---

1 秘鲁印第安人的古城，建于海拔2 300米的山上，在克丘亚语中，意为“年迈的顶峰”，与其相对的是瓦伊纳比丘，“年轻的顶峰”。

帝国紫晶的王冠
在它张开的手掌中颤抖。
高地的玉米
在梯田发芽，
酒杯和神仙
漫步在火山岩的小路上。
农艺使厨房之国
阵阵飘香
将一件脱粒的太阳披风
铺在屋顶上。

（温柔的种族，山地的姑娘，
塔楼和绿松石的家族，
此时此刻，在奔向大海之前
请将我的眼睛闭上，
因为我们的痛苦来自海洋[1]。）

那蓝色的森林是一个洞穴
瓜拉尼人[2]在树木

---

1 欧洲殖民者来自海上。
2 巴拉圭境内的印第安民族。

和雾霭的神秘中歌唱，
宛似傍晚升起的云烟，
枝叶上的水珠，
爱情岁月的细雨，
河边的忧伤。

在尚无名字的亚美利加的深处
阿劳科人在茫茫的大水中，
大地上所有的寒冷
使他们遗世独立。
请看那伟大的孤独的南方。
在高处看不见炊烟，
只有终年积雪
和被粗大杉树阻遏的疾风。
不要在浓厚的绿色下面
寻找陶器作坊的歌声。

只有水和风的寂静。

武士在树叶间观察。
落叶松中传来吼声。
几只老虎的眼睛

闪烁在雪山的峰峦中。

请看那些歇息的长矛。
请听那被箭
穿透的空气的声响。
请看那些大腿和胸膛
还有乌黑的长发
都在明月下闪光。

请看武士们的空虚。

荒无人烟。灰雀在啼鸣
宛似纯洁之夜的水声。

兀鹰穿越黑色的飞行。

荒无人烟。你听见了吗?
那是美洲豹在空气和叶丛中的脚步声。

荒无人烟。你听。听那树木,
听那阿劳科之树。

荒无人烟。请看那些石头。

请看那些阿劳科的石头。

荒无人烟，只有树。

阿劳科，只有石头。

二　马丘比丘的高度[1]

1

宛似一张空网，我在空中飘荡，
街道和大气在身旁，到达又离别，
入秋时树叶像展开的金币一样，
在春天与麦穗之间，最伟大的爱
献给我们的东西，宛似在
下落的手套里，那长长的月亮。

1 该诗最早于1946年发表在委内瑞拉《全国文化杂志》上，1950年收入《漫歌》（第二章）第二版，是作者最有影响、发表次数最多的诗作之一。马丘比丘位于安第斯山东南部，在库斯科城西北，离城约112公里，是印第安人的古城堡，南北长700米，东西宽400米，在萨坎台雪山的山腰上，由216座建筑物的废墟组成。该诗的标题直译应是《马丘比丘的高度》，因为它是位于山腰的城堡，而非山峰。聂鲁达于1943年10月22日骑马参观了这座古城堡，两年后创作了这首长诗。全诗12章，正好与马丘比丘（Macchu Picchu）的12个字母，乃至一天的12个小时和一年的12个月相吻合，尽管这与古印加文化并无相通之处。（译者）

（在裸露的躯体
熠熠闪光的岁月里：
钢铁变成了酸的沉寂，
黑夜被撕毁，直至最后的微粒；
新婚祖国的雄蕊遭到袭击。）

曾在提琴中间等我的人
找到一个世界，它宛如被埋葬的塔
将它的螺旋体沉到
所有硫黄色的叶片下：
再往下，在地下的黄金里面
我将激越而又温柔的手
深入到大地生殖力最强的部分
像一把风吹雨淋的剑。

我将前额垂入深深的波涛，
像一滴水落进硫黄的平静，
如同一个盲人回到人类
耗尽了的春天的茉莉花丛。

2

如果花儿向花儿献上高贵的胚芽
岩石使其分散的花
披上宝石和沙砾磨制的外衣，
人会把从海洋固有的泉中采集的光的花瓣
弄皱并在手中给颤动的金属钻孔。
而突然，在衣衫和云之间，
灵魂如一笔赌注，落在沉没的桌面：
石英和失眠，大洋的泪水
似寒冷的池塘：却依然用纸币和仇恨
将它扼杀、熬煎，
将它浸入岁月的地毯，将它
在铁丝充满敌意的衣裙里撕成碎片。

不：在走廊，道路，天空，海洋，
谁不用匕首将自己的血液珍藏
（宛如鲜红的虞美人一样）？
暴怒已使人贩子可悲的商品衰败
而李子树梢，露珠千年来将透明的书信
挂在其等候的同一根枝头上，
啊，心灵呀，啊，在秋天的洞穴间

前额已被磨光：

在城市冬天的街道上，
在黄昏的公共汽车或船上，
在最深沉的孤独——节日夜晚的孤独中，
在黑暗和钟声下，在人类欢乐的同一个洞穴中，
我多少次想停下来寻找
从前在岩石或亲吻放射的闪电上
触摸过的永恒的深不可测的矿床。

（宛似在谷物中受孕的小小乳房的
黄色故事在重复一个节目，
这节目一向是胚胎层的柔情，
它一成不变，散落在象牙上
而水里是透明的祖国，
从孤立的白雪直到血淋淋波涛的钟。）

我只抓住了一束脸庞或匆忙的面具，
像空心的金指环，
像秋天女儿们零乱的衣衫，
这秋天使受惊种族的悲惨树木抖颤。

我的手没有休息的地方，
像被锁住的泉流一样，
或者像煤块、水晶一样坚硬，
怎能奉还我伸开的手臂的热度或寒冷。
人是何物？那牢不可破、永垂不朽的生命
生活在仓库与哨音公开对话的哪一部分
在哪些金属的运动中？

3

人宛似玉米在脱粒，在盛着悲惨事件
和失败经历的永远填不满的谷仓，
从第一到第七，第八，
每人有多次而不是一次死亡：
每天有一个小小的死神——灰尘，蛆虫，
郊区泥泞中熄灭的灯光，
翅膀粗壮的小小的死神
像一把短矛刺进每个人的胸膛
而人被面包或利刃困扰
犹如放牧者：港口之子，耕犁黝黑的船长
或闹市上的啮齿动物：沮丧地等候死亡，

每天短暂的死亡：而每天不幸的悲哀
就像颤抖地举着的黑色酒杯一样。

4

威严的死神曾邀请我多次：
宛似波涛中无形的盐分，
看不见的咸味散发之物
宛似一半的升高或下沉
或雪山与风的广阔的建筑群。

我来到空气的隘口，来到铁的锋刃，
来到农业和岩石的裹尸衣，
最后脚步的空虚的布局
和令人眩晕的螺旋形道路：
然而，广阔的大海，啊，死神！
你不要逐浪而来，
而要像夜间奔驰的光线
要么像黑夜完整的节目。

你从不来衣袋里搜寻，

来访时总穿着红色法衣：
没有封闭的寂静朝霞般的地毯，
没有泪水在天上和地下的遗产。

我不能爱每个生灵上的树木
和它背负的小小的秋天（上千叶子的亡故），
不能爱任何虚伪的死亡和没有土地
没有深渊的复活：我愿在最广阔的生活中
在最自由的河口游泳，
当人类渐渐地排斥我，
当脚步和门户已被封锁，使我清泉般的双手不能
将它受伤的有名无实的躯体触摸，
我便从一条街到另一条街，
从一条河到另一条河，
从一座城到另一座城，
从一张床到另一张床，
我咸涩的面具穿过沙漠，
在最后简陋的住房，
没有火，没有面包，没有岩石，
没有寂静，没有灯光，
我独自滚向死亡。

5

严峻的死神，铁羽的飞鸟，
你不是那些寝室可怜的继承人
在空空的皮囊里，在仓促的食物中夹带的东西：
那是某种东西，折断梗儿的可怜的花瓣，
不曾参加战斗的胸膛的原子
或没有落在前额上的露滴。
那是不能复活的东西，
一块小小的死神，既无和平又无领地：
一块骨头，一口钟在那里死去。
我揭开带碘的绷带，
将双手伸进扼杀死神的可怜的痛苦里，
在伤口上只感到一股冷风
吹进灵魂的缝隙。

6

于是我沿着大地的阶梯登攀
从消失的林海蛮荒的荆棘中间
来到你——马丘比丘面前。

怪石垒起的高城
终于成了住地，大地不曾
在睡衣中将主人藏匿。
在你身上，闪电和人的摇篮
在刺骨的寒风中摇曳
宛似两条平行的直线。

岩石的母亲，神鹰的泡沫。

人类黎明高高的礁石。

失落在原始沙砾中的巨铲。

这曾是那住所，这就是那地方：
玉米宽大的颗粒升起又落下
像红色的冰雹一样。

在这里，小羊驼脱下金色的绒毛
给情侣、灵台、母亲、
国王、神父、武士做衣料。

在这里，人和鹰的双脚

夜间在高高的食肉猛禽的巢穴中
一起休息，而黎明时
它们以雷电的脚步踏着薄雾，
触摸大地和岩石
直至在黑夜或死亡中将它们认出。

我注视着衣裳和手，
响亮的坑穴中的水迹，
脸庞磨软的墙，
那脸庞曾用我的双眼注视大地的灯盏，
曾用我的双手为消失的木材涂上油漆：
因为一切，衣物，皮革，器具，
语言，葡萄酒，面包
俱已离去，一切都落入大地。

空气用桔花的手指
抚摩所有熟睡者的身躯：
空气的千秋万代，空气的岁月星期，
蓝色清风的岁月，钢铁山脉的岁月，
宛似脚步温柔的狂风，
将岩石孤独的住所磨光擦净。

7

同一个深渊的死者，同一个山谷的阴影，
那山谷的深度与你们的规模相辅相成，
真正的、最炽热的死神来了
你们便从千疮百孔的岩石，
从猩红色的柱顶，从高耸的渡槽跌下
宛如坠入一个秋天，坠入同一个死亡。
今天，空洞的大气已不再哭泣，
它已不认识你们黏土的双脚，
当闪电的利刃划破天空
它已将你们过滤苍穹的陶罐忘掉，
巍峨的大树
已经被雾吞食，被风刮倒。

它曾支撑一只手
从时间的顶端落到终点。
你们不再是蜘蛛的爪，
凌乱的网，脆弱的线：
昔日的你们已全部跌落：破损的音节，
光芒四射的面具，风俗习惯。

但岩石和语言永存：

这城市宛如酒杯，举在所有人手里：

无论他们是死、是活，还是沉默不语，

支撑他们的是那么多的死神，一堵墙壁，

那么富有生命力的岩石的花瓣：永恒的玫瑰，

这住地：寒带安第斯山的礁石。

当黏土色的手

化作黏土，当充满粗糙墙壁

布满一座座城堡的小小眼睑合拢，

当整个人类住进自己的坟坑，

高度的精确留在那里：

人类黎明的巅峰：

最高的器皿盛着寂静：

多少生命之后的一个岩石的生命。

8

亚美利加的爱，请和我一起攀登。

请和我一起亲吻那些神秘的石块。

乌鲁班巴河[1]银白色的激流
使花粉飞上它的金冠。

空虚的藤蔓，岩石的植物，
坚硬的花环，
飞上寂静的山巅。
来吧，细小的生命，
从大地的翅膀之中，
当结晶与寒冷、震动的空气
将搏斗的碧玉挪开，
野蛮的水啊，你从雪中下来。

爱情啊，爱情，甚至在严峻的夜晚，
请你从安第斯山
响亮的燧石，面向红色膝盖的黎明
将白雪失明的儿子观看。

啊，琴弦响亮的维卡玛尤河[2]，

---

1 库斯科地区的一条河，源于维尔卡诺塔山，从马丘比丘可以看到它，山谷与河流同名。

2 乌鲁班巴河的古名，意为“太阳之河”，其源头是雪山维尔卡诺塔，意为“太阳之家”。

当你宛似受伤的白雪，
将自己长长的雷霆化作浪花，
当你强劲的狂风
歌唱，惩罚，惊醒天空，
你在将什么样的语言
送入刚刚脱离安第斯山浪花的耳中？

是谁捕获了寒冷的闪电
并将它锁在高空？
让它在寒冷的泪水中分裂
在迅猛的刀剑上颤动，
敲击它久经沙场的雄蕊，
将它引向武士的床铺，
让它在岩石般的末日受怕担惊。

你追逐的闪烁在说什么？
你神秘、叛逆的雷电闪光
可曾满载着语言游荡？
在你细小动脉的液体里
是谁在打破冰冻的音节，
黑色的语言、压抑的喊叫，
深深的口和金黄的旗？

是谁在剪开从大地
出来赏花的眼睑？
是谁在抛下枯死的花串，
让它们在你瀑布似的手中
使自己脱了壳的黑夜
化作地下的煤田？

是谁在抛下交接的枝叶？
是谁又一次埋葬告别？

爱情啊，爱情，不要触及界线，
也不要崇拜沉没的头颅：
让时间在破碎泉水的大厅
完成自己的造型，
在迅速的水流和城垣之间
收集隘口的空气，
平行的风，
山脉盲目的沟壑，
露珠粗犷的问候，
请上来吧，穿过林莽，从花朵
到花朵，踏着直冲而下的长蛇。

在充满岩石、树丛、绿色星星的尘埃
和明亮森林的险峻地区，
曼图尔[1]发出轰响，宛如活的湖泊
又像是一层新的沉默。

请到我的生命、我的黎明中来吧，
直至已经加冕的孤独。
死去的国王依然活着。
神鹰血腥的阴影
像黑色的船掠过巨大的时钟。

9

天体的鹰，雾的葡萄园。
失落的棱堡，盲目的弯刀。
繁星的腰带，庄严的面包。
激流的阶梯，广阔的眼睑。
石头的花粉，三角形的道袍。
花岗岩的灯盏，石头的面包。

---

1 山谷名，意为“红色果实”。

矿石的蛇，石头的玫瑰。
被埋葬的船，石头的泉。
月亮的马，石头的光。
等分的矩尺，石头的蒸气。
最终的几何学，石头的书。
阵阵狂风中雕花的定音鼓，
被沉没的时间的石珊瑚。
被手指摸光滑的城墙。
被羽毛击打的屋顶。
镜子的花束，风暴的基地。
被藤蔓缠倒的王位。
血腥魔爪的统治。
斜坡上停滞的劲风。
绿松石静止的飞瀑。
沉睡者祖传的钟。
被征服的白雪的枷锁。
横卧在自己塑像上的铁器。
被困住无法接近的风暴。
美洲豹的爪，血腥的岩石。
戴帽子的塔，雪的辩论。
在手指和根上升起的黑夜。
雾的窗户，僵硬的鸽子。

夜的脚掌，雷的雕像。
重要的山脉，海的屋顶。
失踪老鹰的建筑。
天的琴弦，高空的蜜蜂。
血淋淋的水平面，建造的星星。
矿石的泡沫，石英的月亮。
安第斯山的蛇，苋菜的前额。
寂静的穹顶，纯洁的祖国。
大海的新娘，教堂的树木。
盐的枝条，黑翅的樱桃。
雪的牙齿，寒冷的雷声。
被抓伤的月亮，有威胁的石头。
冰冷的头发，空气的运行。
手的火山，昏暗的瀑布。
银的波浪，时间的方向。

10

石头在石头上，人，在何方？
空气在空气上，人，在何方？
时间在时间上，人，在何方？

难道你也是未做成之人、
空洞之鹰的碎片
沿着今天的街道，沿着足迹，
沿着秋天枯萎的落叶，
将灵魂摧残，直至进入墓地？
可怜的手，脚，可怜的生命……
失去光泽的岁月在你身上
宛似雨水落在节日的小旗，
可曾一瓣一瓣地将黑色的食物
送进你空空的嘴里？
　　　　　　　　饥饿，人的珊瑚，
饥饿，神秘的植物，砍柴人的根，
饥饿，你成排的礁石
是否升到了残塔巍峨的高度？

我问你，路上的盐粒，
建筑啊，让我看看那把羹匙，
让我用木棍儿啃咬石头的花蕊，
让我登上空气所有的阶梯直抵太虚
搜索内脏直至触摸到人类。
马丘比丘，你曾将岩石
放在岩石上面，地基却是破烂的布片？

将煤放在煤上，底部却是泪水？
将火放在黄金上，其中却颤动着
殷红的血滴？
请还给我你所埋葬的奴隶！
请从地上摇落穷苦人坚硬的面包
并将奴隶的衣服和窗户拿给我瞧。
告诉我，当他活着的时候，怎样睡觉。
告诉我，他的梦是不是带着酣声，
半张着口，犹如疲劳在墙上挖掘的黑坑？
墙，墙！每层岩石是不是压着他的梦，
他倒在梦乡，上面压着岩石，是不是像压着月亮！
古老的美洲，沉没的新娘，
你的指头，
当它们从原始森林伸向高高的仙境
在光辉和荣耀的婚礼的旗帜下，
伴随着战鼓和刀枪的雷鸣，
你的指头，是不是
也将抽象的玫瑰和寒冷的线条，
将新鲜谷物滴血的胸脯
转移到闪光的布上和严酷的洞中，
被埋葬的亚美利加，你是不是也将饥饿
藏在最深处，藏在痛苦的内脏，像一只雄鹰？

11

穿过朦胧的光焰，
穿过岩石的夜晚，让我将手伸进去，
让那被遗忘的古老的心灵，
像一只被捕千年的鸟，在我的胸中跳动！
让我忘却今天这幸福，它比海洋宽广，
因为人类的宽广胜过海洋和它的岛屿，
应该像落入井中一样落入大海
以便取出海底一捧神秘的水和淹没的真理。
宽阔的岩石，让我忘却那雄伟的体积，
流传千古的尺度，蜂窝的岩石，
今天让我的手从直角尺
粗犷的血和苦行衣向斜边滑去。
当凶猛的神鹰，宛如红鞘翅的铁蹄，
在飞行中拍打我的双鬓，
生着食人羽毛的狂风
横扫倾斜石阶上昏暗的灰尘，
我看不见那迅猛的飞禽，
看不见它利爪的盘旋，
只见古老的生灵，奴隶，睡在田野上的人，
只见一个躯体，一千个躯体，一个男人，一千个女人，

在黑风下被雨和夜染成黑色，
和雕像沉重的石头在一起：
采石人胡安，维拉科查[1]之子
受冻者胡安，绿色星辰之子，
赤脚者胡安，绿松石之孙，
请上来和我一起出生，兄弟。

12

请上来和我一起出生，兄弟。

从布满痛苦的深处
向我伸出手臂。
你不会从岩石深处返回。
你不会从地下的时光返回。
你僵硬的声音不会返回。
你被钻透的眼睛不会返回。
从大地深处看看我吧，
农民，织布者，沉默的牧人，

1 在印第安人的传说中，维拉科查是主宰世界的神。

“看护羊驼”的驯服者，
挑衅的脚手架上的泥瓦匠，
安第斯山泪水的挑夫，
压碎手指的首饰匠，
在种子中颤抖的庄稼汉，
和黏土混为一体的陶工：
把你们古老的被掩埋的悲哀
带给这新生命之杯吧。
让我看看你们的血和皱纹，
向我说吧：我在此遭受惩罚
是因为首饰不再闪光，
大地不再按时交纳宝石和食粮。
让我看一看你们跌倒的岩石
和折磨你们的十字架的木头，
为我点燃你们古老的火石、古老的灯盏，
鲜血淋漓的斧头
和千百年来将人抽得血肉模糊的皮鞭。
现在让我通过你们死去的口发言。
请通过大地，把所有
沉默、破碎的嘴唇连成一片，
从地下向我讲吧，在这整个漫长的夜晚，
如同我和你们一起抛锚，

把一切都告诉我，一链接一链，
一步挨一步，一环套一环，
磨利你们的刀剑，
放在我的手上，佩在我的胸前，
犹如一条黄色光线的河，
犹如一条埋葬老虎的河，
让我哭泣吧，每刻、每时、每天，
多少蒙昧的时代，繁星似的流年。

给我寂静，水，希望。

给我斗争，铁，火山。

像磁铁一样，为我粘住所有的身体。

凭借我的口和我的血管。

倾诉吧，通过我的血和我的语言。

九　伐木者醒来[1]

迦百农[2]啊，你已经

升到天上，将来

必跌落阴间……

——《路加福音》第十章十五节

1

在科罗拉多河以西

有一个我热爱的地方。

我对它多么向往，满怀着

心中跳动的一切，

1《伐木者醒来》于1948年7月发表在布宜诺斯艾利斯的《方向》上，后收入《漫歌》（第九章），是聂鲁达传播最广的诗作之一。诗中“伐木者”指的是美国第16任总统亚伯拉罕·林肯（1809—1865）。他年轻时曾从事劈木做栅栏的工作。林肯主张废除奴隶制，因而受世人敬仰。

2 迦百农是《圣经》中的地名，在以色列境内，今已成废墟。据称耶稣开始传道时，即迁居此地。

过去，现在，理想。
那里有红色高耸的山岩，
狂野的风用千万只手
将它们缔造：
盲目的猩红色从深渊升起
在山岩中孕育出铜、火焰和力量。
亚美利加，像一张展开的野牛皮，
驰骋的夜空晴朗，
我仰望高高的繁星密布，
畅饮你杯中碧绿的露珠。

是的，从荒凉的亚利桑那和崎岖的威斯康星，
到风雪中高高的密尔沃基城
或者是西棕榈滩炎热的沼泽，
靠近塔古玛[1]的松林，
在你树林中那浓郁的钢铁气味中，
我踏着母亲大地，
翠绿的叶子，瀑布的碎石，
恰似音乐般颤动的飓风，

1 亚利桑那、威斯康星、密尔沃基、西棕榈滩、塔古玛都是美国的城市。

犹如寺庙般祈祷的河流，
野鸭和苹果，土地和水，
无限的宁静，为了使麦苗萌生。

在那里，从处于中心位置的岩石，
我能向空中伸展耳朵、眼睛和臂膀，
能听见书籍、机车、降雪、斗争
工厂、坟墓、植物的脚步，
曼哈顿船上的月光，
纺织机的歌唱，
吞吃泥土的挖掘机，
兀鹫啄食般的钻孔机
和所有切割、压榨、奔驰、缝纫的声响：
物质和车轮循环往复地来到世上。

我爱“农夫”的小屋。年轻母亲们正在安睡
散发着罗望子甜饮
和刚熨过的衣料的芳香。
炉火燃烧在千家万户，洋葱的气味在那里飘扬。
（男人们的声音像河底的卵石般粗犷，
当他们在岸边歌唱：
烟草离开了宽宽的叶片

像火的精灵进入这些人家。）

请到密苏里来，看看奶酪和面粉，

喷香的餐桌，红得像提琴一样，

男人在大麦田里航行，

初次被乘骑的青色幼马

洋溢着面包和苜蓿的芬芳：

教堂的钟，虞美人，铁匠铺，

在乡野简陋的电影院里

在从大地诞生的梦乡

爱情展开自己的牙床。

我们爱的是你的和平，而不是你的面具。

美丽的并不是你武士的脸庞。

北美啊，你美丽又宽广。

你出身卑微，像河边

洁白的洗衣女。

自身建筑于陌生中，

你的甜蜜是蜂房的平静。

我们爱你的男人，他双手

沾满俄勒冈红色的泥土，

爱你的黑孩子，他给你带来

诞生于象牙之乡的音乐；

我们爱你的城市，你的本质，

你的机制，你的光明，
你那西部的活力，养蜂场和村镇
蜜一般的和平，
驾驶拖拉机的壮小伙儿，
你从杰弗逊[1]那里继承的燕麦，
丈量你茫茫大地轰鸣的车轮，
工厂的烟柱和新建
居民区的第一千次亲吻，
我们爱的是你劳动者的血液：
你手上沾满油污的人民。

在草原的夜幕下，在那张野牛皮上，
那些音节，关于我的过去
和我们的过去的歌，在沉静中
停息的时间已经很长。
麦尔维尔[2]是海边的枞树，
枝头上长出一条船体的曲线，
一只木头和航船的臂膀。

---

1 杰弗逊（1743—1826），美国第三任总统。
2 麦尔维尔（1819—1891），美国小说家，代表作为《白鲸》。

惠特曼[1]，像谷粒一样不可估量，
爱伦·坡[2]沉浸在自己数学的黑暗，
德莱塞[3]、沃尔夫[4]
是我们自身缺失的新的创伤，
刚刚出名的洛克里奇[5]，束缚于深度，
又有多少其他人，被黑暗捆绑：
本半球的曙光在他们身上点燃，
我们的现实体现在他们身上。
强势的王子们，盲目的首领们，
有时在事件和恐惧的丛林之间，
被快乐和痛苦打断，
在车辆纵横的草滩下，
多少死者在人迹罕至的平原被埋葬：

---

1 惠特曼（1819—1892），美国诗人，自由诗创始者，代表作是《草叶集》。

2 爱伦·坡（1809—1849），美国作家，以诗集《乌鸦》成名，小说《黑猫》对西方文坛产生了广泛影响。

3 德莱塞（1871—1945），美国小说家，主要作品有《嘉莉妹妹》《珍妮姑娘》等。

4 沃尔夫（1900—1938），美国小说家，作品有《天使望故乡》《时间与河流》《网与石》等。

5 洛克里奇指弗兰西斯·洛克里奇和理查德·洛克里奇夫妇，美国侦探小说家，他们于1945年发表的《一撮毒药》是聂鲁达很喜爱的作品。

多少无辜的受害者，多少刚问世的预言家，
死在这张大草原的野牛皮上。

从法兰西，冲绳岛，莱特礁[1]
（诺曼·梅勒[2]对此有记述），
从愤怒的天空和汹涌的海浪，
几乎所有小伙子都回到了家乡。
几乎所有……泥土和汗水的经历
都是苦涩的：他们没听够
礁石的歌唱，或许
也没摸过芬芳鲜艳的花环，
除非死在岛上：
　　　　　　　血和粪便
追逐他们，污垢、老鼠，
和一颗疲惫、孤独、拼搏的心脏。
但他们毕竟回来了，
　　　　　　　　　　你们接受了他们

1 冲绳岛、莱特礁都是太平洋中的岛屿，在第二次世界大战中那里发生过两栖战役。美国作家诺曼·梅勒写过一本题为《裸者与死者》的小说，即以此为题材。
2 诺曼·梅勒（1923—2007），美国作家，1968年和1979年凭借《夜幕下的大军》和《刽子手之歌》两度获得普利策奖。

在辽阔的空间和广袤的大地上
而他们（归来的人们）却将自己
封闭起来，恰似无数不知名的花瓣
组成的花朵，为了再生和遗忘。

2

而且，除此之外，在家里
他们还遇到一位客人，
或许他们有了新的眼光（要么从前是盲人）
或许是他们的眼皮被带刺的树枝划破，
或许是美利坚的土地上出现了新的情况。
那些和你一起战斗过的黑人，坚强
而且笑容可掬，请看：
　　　　　　　　　　有人将燃烧的十字架
放在了他们家门前[1]，
吊起并烧死了你的血缘兄弟：
从前要他去当兵，如今却剥夺

1 这是美国种族主义暴力组织“三K党”的习惯，在对黑人家庭施暴之前，将一个点燃的十字架放在其家门口。

他说话和表决的权利；
蒙面的刽子手在夜间集合，
拿着十字架和皮鞭。
（在海外
征战听到并非这样的事件。）
这位不速之客
像一条凶狠的老章鱼，
身躯庞大，贪得无厌，
小兵啊，他已经盘踞在你家里：
传媒渗透着柏林培植的古老毒液，
（《时代》《新闻周刊》之类）
变成了告密的黄色页面。曾向纳粹
唱情歌的赫斯特[1]，如今满脸堆笑
却又削尖了爪子，目的是
让你们重新奔赴岛礁或荒原
为了这霸占了你家的客人去征战。
他们不让你喘息：他们要继续
出卖钢铁和枪弹，准备新的军火
并尽快卖掉，在更新的军火
提前出炉并被新的军火商掌控之前。

1 赫斯特（1863—1951）是美国当年的报界大亨。

主子们窃取了你的家园
将向各处派遣军队，
他们喜爱黑色的西班牙[1]并献给你一杯血酒：
马歇尔[2]鸡尾酒（枪毙一人，勾兑百杯）。
你们挑选青年人的血：
中国农民，
西班牙囚犯，
智利铜矿和煤矿的女人们的泪水，
产糖的古巴的血汗，
然后用力搅拌，
像挥舞大棒，
不要忘记加上冰块儿
和几滴“捍卫基督文化”的礼赞。
这种混合苦涩？
小兵啊，你很快就会习惯。
在世界的任何地点，
在月夜或清晨，在豪华酒店，
您都可以要这种提神去暑的饮料

1 指佛朗哥（1892—1975）统治下的西班牙。
2 马歇尔（1880—1959），第二次世界大战后曾任美国国务卿，这里指他的“援助欧洲复兴计划”，俗称“马歇尔计划”。

并支付印有
华盛顿头像的大额钞票。

你还会遇到查理·卓别林，
世上最后一位温柔的父亲，
他不得不逃匿，而作家们（霍华德·法斯特[1]等）
学者们和艺术家们
在你的家园
都要坐上被告席，因“非美”思想
而接受发了战争财的商人们的审判。
恐惧漫延到了世界最远的边沿。
我的姑母读到这些消息感到震惊，
地球上所有的眼睛
都在注视这些可耻的、报复的法庭。
这是血腥的巴比特们[2]、奴隶主们、
杀害林肯的刽子手们的审判庭，

---

1 霍华德·法斯特（1914—2003）是现代美国小说家，1942年加入美国共产党，曾因参加“非美活动委员会”而受迫害。他写过题为“聂鲁达在世界和平大会”的报导（1948.6.9），并于1953年获斯大林奖金，后因苏联出兵匈牙利而与其关系破裂，1957年退出美国共产党。

2 巴比特是美国作家辛克莱·刘易斯（1885—1951）早期作品《巴比特》中的主人公，是美国大资产阶级的典型形象。

这是如今新的宗教裁判所，它并非十字架
所建（当年也是令人恐惧和不可思议），
创建它的是无权审判
却在银行和妓院的桌面上
叮当作响的金钱。

莫里尼戈，特鲁希略，贡萨莱斯·魏地拉，
索摩查，杜特拉[1]在波哥大聚集并狂欢。
你，年轻的美国人，你不了解他们：
他们是我们的天空黑心的吸血鬼，
他们的翅膀投下的阴影是苦难：
监狱、酷刑、死亡、仇恨：
拥有石油和硝石的“南方”[2]
却孕育了魔障。
　　　　　　　　　　黑夜里，在智利，在罗塔[3]，
屠夫的命令传到矿工们简陋潮湿的家中。
孩子们哭着从梦中惊醒。
　　　　　　　　　　　　　　　人们会想，千万个

---

1 他们分别是巴拉圭、多美尼加、智利、尼加拉瓜和巴西的独裁统治者。

2 指美国以南的地方，即拉丁美洲。

3 智利中部城市，有丰富的煤矿。

这样的人被关进了牢笼。
　　　　　　　　　　　在巴拉圭
树丛浓密的阴影笼罩着
遇难爱国人士的尸骨，
在夏夜闪烁的磷光中，
只听一声枪响。
　　　　　　　真理
在那里死亡。
　　　　　　　范登堡先生、阿穆尔先生[1]
马歇尔先生、赫斯特先生
为什么不去干涉圣多明各以保护西方？
为什么在尼加拉瓜，
总统先生会在半夜惊醒，
仓皇出逃并在流亡中客死他乡？
（那里要保卫的是香蕉而不是自由，
对此，索摩查足以担当。）
　　　　　　　　　　　唉，小兵啊！
这些“伟大的”胜利的思想

1　范登堡（1884—1951），美国共和党参议员，第二次世界大战后积极支持杜鲁门主义、马歇尔主义和北大西洋公约组织。阿穆尔（1894—1951）是美国出版商，保守党参议院，代表美国参加了联合国成立大会。

如今正在希腊[1]和中国推广，辅佐那里
龌龊的政府，它们就像肮脏的地毯一样。

3

亚美利加，远离你的土地，
我同样会四海为家，日复一日
飞行，经过，歌唱，对话。
在亚洲、乌拉尔、苏联，我浸透
孤独和松脂的心灵得到了舒展。

我热爱人类在各个领域
通过爱和斗争创造的一切。
在乌拉尔，松林古老的夜色
和雄伟立柱的寂静
依然环绕着我的寓所。
在这里，小麦和钢铁
诞生在人类的胸膛和手中。
铁锤的歌声使古老的树林欢畅

1 指希腊内战，它是杜鲁门主义的起因。

宛若新生的蓝色景象。
我从这里注视人民的广大区域，
妇女和儿童的乐土，
爱情、工厂和歌曲，学校
在森林中像紫罗兰一样闪耀
昨天那里还栖息着野生的狐狸。
从这一点，我的手
能涵盖地图上碧绿的草地，
上千座工厂的烟缕，
纺织品的芳香，
能量被驯服的奇迹。
傍晚，我沿着
刚刚设计的新路回家
并走进厨房
那里煮着卷心甘蓝，
世上又平添了一股新的清泉。

这里也有年轻人返回了家园，
但千百万人却留在了后面，
他们被钩子钩住，被处以绞刑，
被焚化在特殊的炉中，
被彻底毁掉，

只留下人们记忆中的姓名。
他们的村镇也被杀戮：
苏维埃的土地被杀戮，
无数的尸骨与碎玻璃混在一起，
奶牛和工厂，甚至连春天
也被战争吞噬而消失了踪影。
年轻人回来了，然而
他们对自己建设的祖国的爱
却和那么多的血相互交融，
他们用血管呼唤“祖国”，
用血液歌唱苏维埃联盟。
当他们回来，使城市、牲畜
和春天复苏的时候，
攻克普鲁士和柏林的人们
发出了高亢的呼声，
沃尔特·惠特曼，昂起
你那草叶似的胡须，和我一起
从树林和馥郁的旷野眺望。
沃尔特·惠特曼，你看到了什么？
我深刻的兄长说：
我看到在光辉的斯大林格勒，
在那纯洁的首府，

在那死者缅怀的城市，
那些正在开工的巨大的工厂。
从那战斗过的平地，
从苦难和烈火中，
在湿润的清晨，我看到一台拖拉机
正驶向原野，发出隆隆的声响。
沃尔特·惠特曼，把你的声音，
把你埋在地下的胸膛的重量，
把你脸上的根须给我，
我要为重建家园高歌！
让我们共同歌唱从所有的痛苦中
挺立起来的一切，从巨大的沉静
庄严的胜利中涌现
出来的一切：
　　　　　　斯大林格勒，
请发出你钢铁的声音，让希望
像集体之家，一层一层地生长，
前进中会有一种新的冲动
在教育
建设
歌唱。
斯大林格勒就像水、石头

和钢铁组成的乐队，从血泊中崛起
而面包又在面包房里获得了新生，
春天又来到了学校，新的脚手架
新的树木与日俱增，伴随着
古老而又坚强的伏尔加河的涌动。

　　　　　　　　　　　　　　　　这些书籍，
装在用红松和雪松制成的新的书箱里，
其所在之处
原来是死去的刽子手们的坟墓：
这些建筑在废墟上的剧院
掩盖了苦难和抵抗；
书籍像纪念碑一样明亮：
一本书讲述一位英雄，
讲述每一毫米的死亡，
讲述每一个花瓣不可磨灭的荣光。

苏联啊，倘若我们
能将你在斗争中流的全部血液，
将你像一位母亲为了拯救垂死的自由
而献给世界的全部血液汇合起来，
我们将会有一个新的海洋，
比任何一个海洋都更深，

比任何一个海洋都更广，

它像河流一样有生命力，

像阿劳科火山[1]一样喷薄向上。

世界各地的人啊，

将你的手伸进这海洋，

然后再举起来，将那忘记过去之人

横行霸道之人，撒谎行骗之人，

龌龊不堪之人，将那与西方垃圾堆中

千百条狗沆瀣一气、玷污你的血液的人，

统统淹死。啊，自由人的母亲！

沐浴着乌拉尔松林芬芳的气味

我注视着图书馆

诞生在俄罗斯心中，

实验室里一片寂静，

一列列火车驶向新的城市，

满载着木材和歌声，

这馨香的和平宛如新的胸膛

1 阿劳科火山是智利境内的火山。阿劳科人是智利的印第安人，曾顽强抵抗殖民时期的西班牙远征军。史诗《阿劳加纳》对此有详尽的描述。

脉搏的律动在那里成长：
鸽子和姑娘们回到草地
她们的洁白在那里飘荡；
橘树林挂满了金色的果实，
每天清晨
洋溢着新的芳香，
这新的芳香来自高原，
那曾是苦难最深重的地方：
工程师们用他们的数字
使平原的地图震颤，
一道道管线像一条条长蛇
在蒸汽缭绕的初冬的大地上盘旋。

在克里姆林宫的三个房间，
住着一个叫约瑟夫·斯大林的人。
房间里的灯光熄灭得很晚。
世界和祖国不给他休息时间。
其他的英雄们使祖国诞生，
而他不仅要孕育祖国，
还要建设她，
保卫她。
无比辽阔的祖国就是他自己的身体，

因此，他不能休息，因为祖国并不休息。
从前，冰雪和火药
使他面对古老的匪患——
他们一心想（如今又一次）使“鞭刑”[1]
贫困、奴隶们的苦难和千百万穷人
以往的煎熬死灰复燃。
他曾和弗朗格尔和邓尼金之流[2]
这些西方派来“保卫文化”的家伙作战。
那些刽子手们的虾兵蟹将
在苏联广阔的国土上，只落得魂不附体，
斯大林辛勤工作，不分黑夜和白天。
可后来被张伯伦[3]豢养的德国人
又驾着枪弹的浪潮前来进犯。
斯大林在漫长的国境线上与他们对垒，
进行各种各样的转移和进攻，
他的子弟们像人民的飓风，直抵柏林，
赢得了俄罗斯广泛的和平。

---

1 原诗中为knout，即皮鞭，是沙皇时期的刑具。

2 弗朗格尔（1878—1928）是俄国内战后期的白军将领；邓尼金（1872—1947），1918年出任南俄白军司令。

3 张伯伦（1869—1940），英国首相，1938年同希特勒签订了慕尼黑协定，为纳粹侵犯欧洲提供了方便。

莫洛托夫和伏罗希洛夫
也在那里，我见到了他们，
还有其他的高级将领，
那些不屈不挠的人们。
像雪中的圣栎树般坚定。
他们谁也没有宫殿，
谁也没有成群的奴仆，
谁也没有在战争中
靠出卖人血而成为富翁，
谁也没有像骄傲的孔雀一样
率领一帮心黑手狠的打手
去里约热内卢或波哥大逞凶：
他们谁也没有两百套服装，
谁也不是兵工厂的股东，
他们只在快乐和国家建设中
入股，他们辽阔的国家
在死亡之夜升起了响亮的黎明。
他们称世人为“同志”，
使木匠成了国王。
骆驼将无法穿越那样的针孔[1]。

1 语出《圣经》，意为“绝不可能”。

他们清洁了农村，

分配了土地，

解放了奴隶，

消灭了乞丐，

扫除了大大小小的恶人。

给长夜带来了光明。

因此，阿肯色的姑娘，

或者西点[1]的金发青年，

或者底特律的机械师，

或者老奥尔良的搬运工人，

我要告诉你们大家：请站稳脚步，

聆听这广阔世界的声音，

此刻和你们讲话的人

不是国务院风度翩翩的绅士，

也不是凶残的钢铁大王，

而是美洲南端的一位诗人，

帕塔哥尼亚铁路工人的儿子，

像安第斯山的空气一样的美洲人，

如今是离开祖国的流亡者，

---

1 美国纽约州的城市，以其军校闻名于世。

在他的祖国，监狱、刑罚、苦难泛滥，
而铜和石油却渐渐变成了
外来主子的金钱。
　　　　　　　　你不是
一手拿着黄金
一手拿着炸弹的偶像。
　　　　　　　　　　你是
现在的我，曾经的我，我们
应共同保护之物，极纯洁的美洲
底层兄弟般的土地，
街上和路上朴实的行人。
我的兄弟胡安在卖鞋
如同你的兄弟约翰；
我的妹妹胡安娜在削土豆皮
如同你的表妹珍妮；
我的血是矿工和海员的血，
彼得[1]啊，和你的一样。

你和我一起将门打开

---

1 胡安、胡安娜和约翰、珍妮、彼得分别是西班牙语和英语中常见的普通人的名字。

让乌拉尔的风
穿透黑色的帘栊，
我们一起告诫那暴徒：
“亲爱的朋友，此处禁止通行！”
这边的土地属于我们，
这里听不到机关枪的轰鸣，
而只有歌声，歌声，歌声。

4

然而，美国啊，倘若你武装起
自己的军队，去摧毁那纯洁的边境
派遣芝加哥的屠夫
掌控我们
热爱的音乐和秩序，
我们将从岩石和空气中出来
将你咬死；
从最后一个窗口出来放火
将你烧死；
从最深的波浪中出来
用芒刺将你扎死；

从田垄中出来，让种子
像哥伦比亚的拳头将你猛砸；
我们将断绝你的面包和水，
在地狱中将你焚化。

士兵啊，你不要踏进
温柔的法兰西，在那里
我们将把碧绿的葡萄酿成醋，
让贫苦的姑娘们领着你
去看德国人未干的血迹；
也不要登上西班牙干燥的山峦
因为每块岩石都会变成火，
勇敢的人们会在那里战斗一千年；
不要在橄榄林中迷失方向
因为你休想再回俄克拉荷马的家园；
而且你也别去希腊，因为就连你今天
让人流出的血都会奋起将你们阻拦。
你别来托克皮亚[1]钓鱼
因为剑鱼将识破你们的掠夺

1 托克皮亚，智利北部港口，产铜。

而黝黑的矿工会从阿劳卡尼亚[1]
找出埋藏在地下的古老的利箭
它们正等着将新的征服者射穿。
你们不要相信唱着“维达丽塔”[2]的高乔人，
也别相信冷库里的工人[3]。他们
将在四面八方，握着拳，瞪着眼，
像恭候你们的委内瑞拉人一样
一手拿着吉他，一手拿着瓶装的汽油弹。
你也不要，不要进入尼加拉瓜：
桑地诺[4]正睡在森林里等着这一天，
他的步枪布满了青藤和雨水，
他的脸上已经没有眼睑，
但是你们杀害他的伤口还在感染
就像波多黎各的双手
在等候着刀光闪闪。
世界将对你们毫不手软。

---

1 智利南方阿劳科人居住的地区，阿劳科人勇敢善战，曾顽强抵抗西班牙征服者。

2 Vidalita是阿根廷的情歌小调，流行在潘帕草原的高乔人中。

3 指阿根廷人。阿根廷畜牧业发达，需冷库储藏牛肉。

4 桑地诺（1893—1934），尼加拉瓜民族英雄，曾于1926年10月26日率29名工人宣布起义开展反美斗争。

不仅是那些荒无人烟的岛屿，还有风
——它早已熟悉自己喜欢的语言。

你千万别到高高的秘鲁去寻找炮灰：
我们同一血缘的温和的祖先
正在断碣残碑的迷雾中
磨利他们紫晶的宝剑，
山谷中雄浑的螺号
会召集武士和弓箭手
他们都是阿马鲁[1]的儿孙。你也不要
去墨西哥山地寻找与曙光作战的人，
萨帕塔[2]的枪支并没有昏睡，
擦拭好了，正向得克萨斯[3]的土地瞄准。
你也不能去古巴，大汗淋漓的甘蔗林
在大海的光辉里，等候你的只有阴沉的目光
和一致的怒吼：杀敌或者死亡！
　　　　　　　　　　　　　　　你千万
不要去喧闹的意大利游击区，

1 即图帕克·阿马鲁（约1742—1781），秘鲁印第安人革命家，曾组织反抗西班牙殖民统治的暴动，失败后惨遭杀害。

2 萨帕塔是墨西哥革命时期的农民起义军领袖。

3 得克萨斯原是墨西哥领土，1848年被美国吞并。

别离开你那驻扎在罗马由身穿夹克衫的士兵
组成的队伍，别离开圣彼得教堂：
离开那里，到处是乡村的圣徒，
海上捕鱼的圣徒，他们粗犷勇猛，
热爱那伟大的草原之国
世界曾在那里重新获得繁荣。

你千万
别碰保加利亚的桥梁，罗马尼亚的河流
不会放过你，我们将给它们注入沸腾的血液
让它们烧死侵略者：你也别向农民打招呼，
如今他已认识封建主的坟墓，正握着
犁耙和步枪瞭望：你只要看他一眼，
他便会像星星一样将你烧光。

你千万
别在中国登陆：洋奴买办蒋介石
身边将不再有腐败的官僚集团：
等候你们的将是农民们
镰刀的丛林和炸药堆成的火山。

在以往的战争中曾使用灌满水的沟堑，
后来又有带钩带刺的铁丝网，一层又一层，
可这里的沟更大、水更深，

这里的铁丝网比任何金属都不可战胜。
它们是由金属和人的原子共同构成，
是扭成一个和千百个结的无数生命：
是各地人民古老苦难的结晶，
他们属于所有遥远的王国和山谷，
属于所有的旗号和航船，
属于所有群居的洞穴，
属于所有顶着风暴撒开的渔网，
属于大地所有粗犷的沟壑，
属于所有炽热锅炉的地狱，
属于所有的纺织厂和铸造厂，
属于所有散落或集合起来的火车。
这铁丝能绕地球一千次：
好像是被驱逐，时续时断
但会突然如磁铁般连结起来
直至布满人间。但是还不止于此，
冻土带和西伯利亚的男人和妇女，
战胜过死神的伏尔加河畔的勇士们，
斯大林格勒的孩子，乌克兰的巨人，
光芒四射，坚定果敢，
意志如钢，笑容满面，
歌唱、战斗

或等候你们来犯，整个一道
宽阔的高墙，筑成它的是石块
和鲜血、钢铁和歌声，勇敢和期盼。
如果你们胆敢碰一碰这高墙
便会被焚烧，像电厂的煤炭一样，
罗切斯特[1]的微笑将会化作黑暗
然后被草原的风吹向四方
最后永远被雪埋葬。
所有战斗过的人们都将到来，
从彼得大帝到新的惊天动地的英雄，
他们将自己的勋章变成小小的冷酷的子弹，
并让它们从如今欢乐
宽广的全部国土呼啸不停。
而且从那爬满藤蔓的实验室
会有解除桎梏的原子
飞向你们那些傲慢的城市。

5

但愿别发生这样的事情。

---

1 美国城市。

让伐木者醒来吧。
让亚伯拉罕带着他的斧头
和他的木碗
来和农民一起用餐。
让他那树皮似的头颅，
他那注视着一块块木板
和圣栎树褶皱的双眼，
升至比红杉树
更高的树冠，
再一次把这世界察看。

让他到药房去买药，
让他乘坐去坦帕的公共汽车，
让他咬一口黄色的苹果，
让他走进电影院，
和所有的普通人交谈。

让伐木者醒来吧。

让亚伯拉罕来吧，
让他那古老的酵母使伊利诺伊
碧绿和金黄的大地充满生机，

让他在自己的国家举起斧头
砍向新的奴隶制，
砍向抽打奴隶的鞭子，
砍向有毒的印刷品，
砍向人们出售的
血腥的商品。
让白人青年和黑人青年
满面春风，高歌向前，
面对黄金的壁垒，
面对仇恨的制造者，
面对倒卖血液的商贩，
高歌，微笑，凯旋。

让伐木者醒来吧。

6

和平属于即将到来的曙光，
属于桥梁，属于葡萄酒，
属于这些文字，它们将我寻觅
并在我的血液中升腾

使古老的歌融合着土地和爱情，
和平属于清晨的城市
当面包觉醒，和平
属于密西西比河，根脉之河：
和平属于我兄弟的衬衣，
和平宛如风留在书中的印迹，
和平属于基辅的伟大的集体农庄，
属于这些和另一些
死者的骨灰，属于布鲁克林
黑色的钢铁[1]，属于像日子一样
挨家挨户送信的邮差，
和平属于编舞者，手持喇叭筒
向那些藤蔓高喊，
和平属于我的右手，
它只想写罗莎里奥[2]的名字，
和平属于像锡矿石
一样神秘的玻利维亚人，
和平为了让你结婚，和平属于
比奥比奥所有的锯木厂，

1 指纽约市布鲁克林钢索桥。

2 暗指诗人的第三位妻子玛蒂尔德·乌鲁蒂亚。

和平属于游击战士的西班牙
那破碎的心，
和平属于怀俄明州小小的博物馆
那最温情的展品：
一个枕头上绣着一颗心。
和平属于面包师和他的情侣们
和平也属于面粉，
属于所有要萌生的麦苗，
属于所有寻找树荫的爱情，
属于所有的土地和水，
属于所有活着的人。

在此我要告别了，
我要回家，
魂牵梦绕的帕塔戈尼亚，
风在那里敲打着畜栏，
冰块溅出了洋面。
我不过是一位诗人：我爱你们所有的人，
我在自己热爱的世界上游荡：
在我的祖国，矿工被关进牢中，
士兵向法官发号施令。
但是我热爱自己寒冷的小国

直至它的每一条根。
即使死一千次，
我愿一千次在那里死；
即使生一千回，
我愿一千回在那里生……
在野生的阿劳科杉附近，
迎着南极的劲风，
听着新买来的钟的响声。
但愿谁也不要将我思念。
让我们想一想整个世界，
将爱情拍在桌面。
我不愿鲜血再将面包、菜豆
和音乐浸染，我愿矿工、女孩
律师、海员、布娃娃的制造者
和我一起走进电影院，然后

出来畅饮最红的葡萄酒。

我不是为了解决任何问题而来。

我来这里是为了歌唱
为了你和我一起歌唱。

船长的诗[1]

（1952）

LOS VERSOS DEL CAPITÁN

亲爱的，可是聆听者，
只有你我，
只有你和我。

1《船长的诗》是于1952年在意大利匿名发表的，这是聂鲁达写给玛蒂尔德的，这里的五首全部选自开篇组诗《爱情》。

女王

我称你为女王。
有的女人比你高，比你高。
有的女人比你纯，比你纯。
有的女人比你漂亮，比你漂亮。

但你是女王。

你走在大街上
无人认识你。
谁也看不见你的水晶王冠，
谁也不看
你脚下踏着的
本不存在的金红的地毯。

每当你出现，江河
会在我体内响声大作，
钟声震撼天空，

世上洋溢着颂歌。

亲爱的，可是聆听者，
只有你我，
只有你和我。

陶工

你的整个身体
注定有为我的酒杯或甜蜜。

每当我将手举起
在每个地方都会遇到
一只雌鸽将我寻觅，
亲爱的，
似乎为了我这双陶工的手
人们用陶土缔造了你。

我的身体
渴求你的胸脯，
你的腰肢，你的双膝，
如同
干渴的土地
被撤掉模子留下的空洞，
在一起

我们便像一条河、一粒沙

那样完整。

九月八日

今天，是满满的杯，
今天，是巨大的浪，
今天，是整个大地。

今天，狂风暴雨的大海
在一个亲吻中将我们高举
高得使我们在闪电的光辉中
瑟瑟颤栗，沉入水下
也不分离。

今天，我们的身体变得无限宽广，
一直延伸到世界的尽头，
它们融为一体，滚动
在一滴烛泪
或万千气象中。

在你我之间新开了一扇门，

有个人，尚无面孔，

在那里等候我们。

岛上之夜

在岛上，在海边
整夜与你同眠。
你狂野而又温柔，在欢乐
与睡梦、水与火之间。

或许很晚了
我们的梦在顶端与底部
融合在一起，
上面像同一阵风吹动的枝条，
下面像相互纠结的红色的根须。

或许你的梦
曾与我的梦分离
并在黑暗的大海
将我寻觅，
就像从前
你还不存在时，

我航行驶过你身边
对你视而不见，
你的双眼在寻觅
我今日双手捧给你的东西
——面包，美酒，爱情和狂热，
因为你是一个酒杯
期待着我生命馈赠的精髓。

我与你同眠
整整一夜，伴随着
黑暗的大地
和生者与死者一起旋转，
当我在黑暗中
突然醒来，你的腰肢
被围在我的手臂。
无论是黑夜还是梦乡
都无法使我们分离。

我与你同眠
醒来时，你的唇
离开梦乡，
将土地、海水、藻类

还有你生命深处的味道
献给了我，
我接受你的亲吻，
它浸润着霞光，好像
从围绕我们的海上
来到我身旁。

大地

碧绿的大地将田垄，
收成，金子，叶子，种子
变成一片黄色，
然而当秋天
竖起自己宽广的旗
我看到的却是你，
你分开麦穗的秀发
为我飘逸。

我看见古老碎石的遗迹，
但是当我
触到石头的疤痕
你的身体
回应我，
我的手指
突然颤抖着
认出你炽热的甜蜜。

在刚刚被授勋的
英雄们中间,
我经过战火和大地,
在他们后面,沉默不语,
迈着小小的脚步,
是不是你?

昨天,为了
看那矮小的老树,
人们将它连根拔起,
那时我见你
注视着我,从饱受
折磨、干渴的根部
走出。

当睡梦
使我延展并
将我带到自己的寂静,
一阵白色的狂风
摧毁了我的梦乡,
落叶像利刃
纷纷落在我身上

使我鲜血流淌。

每个伤口，都恰似
你樱唇的形状。

葡萄和风

（1954）

LAS UVAS Y EL VIENTO

我的缪斯啊，

你带着火与灰尘

带着血和汗

走进世界所有的街巷

飞向太阳

从正北和西北
辽阔而又布满沟壑的领域，
我飞抵橙色和绿色的北京。
向下看，延安
不过是矿物质的月亮
和空间的一个黄色蛋壳。
马达和风，
空中的太阳，
向神圣的土地致敬，
从那里的窑洞
自由之神积累了弹药。
英雄们不再置身于
大地的伤疤：
他们的种子
在自由地生长
传播并聚拢。
中国，在你广阔的世界

戈壁滩，

黄沙的枝干，

月亮边界的区域

干裂的表皮在燃烧，

直至低空飞行

才能看清

草地，江河，花园，

突然，在你的岸边，

古老而又崭新的北京

接待了我。于是土地

小麦和春天的气息，

行人的步履，

民居无限的街道，

宛似将全部水的喃喃细语

汇合在一个纯洁的酒杯里，

你将自己人民的生命

向我高高举起：

尖锐的哨音，

钢铁的怒吼，

天空和丝绸的颤抖。

我在自己的杯中

举起你无数的生命

和那古老的寂静。

这曾是你对我的馈赠，一种力量
来自古老的石头，它会歌唱，
来自古老的河流，
它为年轻的春天提供营养。

我突然看见
世上的古树
挂满花朵和果实。
突然听见
生命之河
坚定地流过
充满清澈的语言。
我在你古老的杯中
畅饮坚硬的透明，
新的一天：
星星的味道和土地
融合在我的口里。
我在众多面孔中眺望过你的面孔，
古老而又年轻的母亲的笑容，
用自己的游击队服播种，

用武装起来的微笑

用钢铁的柔情

捍卫人民的麦苗与和平。

游行[1]

面向毛泽东
人民在游行。
他们不再是
住在洞穴里
以草根果腹
从贫瘠的山谷下来的
赤脚的饥饿民众，
他们下来时
是钢铁之风，
是延安和北方的钢铁之风。
强劲地踏着辽阔祖国
自由的土地，
今天是别样的人们在游行，
微笑而又自信，

---

1 1951年，聂鲁达到访中国，并应邀参加国庆活动，观看典礼游行。

乐观而又坚定。

骄傲的女青年这样走过，
身穿蓝色工装，在她的笑脸旁，
像白雪的瀑布一样，
四万纺织女工，
一个个丝织厂，欢笑着前行，
新的发动机制造者，
老的牙雕艺人
前行，前行，
面向着毛泽东，
全中国的眼睛，
一粒一粒，铁一般的粮食，
鲜红的丝绸在空中舞动
像大地上的玫瑰
最终将花瓣聚拢，
一面大鼓
从毛泽东面前经过，
以响雷的轰鸣
向他致敬。
这是中国的古老之声，
皮革之声，

被埋葬的时间之声，
世世代代，
在向他致敬。
此时，像一株
突然开花的树
孩子们，
成千成万，
向他致敬，就像
新的果实和古老的土地，
时间，小麦，
人民的旗帜
终于欢聚在这里。

在这里，毛泽东满面笑容，
因为从北方
干旱的山峰
这条人的河流诞生，
因为从被美国人
（或他们的走狗蒋介石）
在广场上砍下的
姑娘们的头颅
诞生了这伟大的生命。

因为在那些印刷粗陋的小册子里面，
共产党的教导
使世界获得了有益的借鉴。
他在微笑，思考着
过去的
峥嵘岁月，
国土上充斥着外国人，
简陋的草棚里只有饥饿，
在扬子江的脊背上
是帝国主义侵略者
武装起来的
身披铁甲的爬行动物，
而今天，此刻，
被掠夺的祖国，
大地是清洁的，
辽阔的中国清洁无比，
人们踏着自己的土地。

祖国在呼吸
面向着毛泽东
人民在游行
他们穿着新鞋

脚踏大地，

列队游行，

而红旗迎风

招展，在高处

毛泽东满面笑容。

一切就这么简单

在那个村庄的早上
接待我的是孩子们和阳光。
农民们向我展示
他们分得的全部土地，
共同的收获，
地主老财的房屋、谷仓。
他们向我展示
贫穷的母亲们
溺死自己的女婴的地方，
要么就将她们卖掉，这并不久远，
唉，不久前还是这样！
如今就像噩梦一场，
瘟疫，饥饿，
美国人，
日本人，伦敦
和法国的银行家们，
都来使中国“文明”

都来榨干她的内脏，
在世界交易所
进行交易，
在上海使她沦为娼妓。
他们想把她变成
一所庞大的夜总会，
变成在那里登陆的军队的游乐场，
丝绸与饥饿并存的地方。
骨瘦如柴的人们
成堆地
走在河旁，
村庄在哭泣
吐着黑烟
和瘟疫的迷雾。
“唉呀，地狱中
如何容得下
中国这么多的亡灵！”
衣着华丽的太太
读报时
发出这样的叫声。
在河边，死者的骨灰
堆成山，饥饿

行走在中国的条条道路上
而蒋介石却在纽约
勾结杜鲁门、艾森豪威尔
获得了一栋栋楼房。
愁苦
古老的贫民窟
散发着
粪便和鸦片的味道。
尸体
同样塞满了
牢房。
按照一项美国的法令
大学生被砍头
在人民的广场，
而《人物》杂志
发表的
蒋介石夫人的肖像
却越来越漂亮。

滚吧，噩梦！
滚出中国！
滚出世界！

请你和我一起来这村庄！

我进来
看到这些谷仓，
微笑
属于中国
她已获得解放：
农民们
分得了土地。
自由之神
从延安走来
赤脚或穿着破旧的鞋
像农民或士兵一样。
中国的自由啊
你是我的缪斯，
穿着蓝布装。
走在
尘土飞扬的路上。
你来不及沐浴
来不及擦干血迹，前进，前进，
黑色的土地
和你一起前进，

被遗忘的玻利维亚
为了自由，前进，
智利，前进，
伊朗也将到来，和你一起，
他们和我的缪斯一起
走进这村庄。
身穿蓝布
游击队服的姑娘，
风的缪斯，
自由土地的缪斯，
我为你歌唱：
歌唱你的皮带，你的步枪，
我为你干裂的唇
歌唱。

我的缪斯啊，
你带着火与灰尘
带着血和汗
走进世界所有的街巷，
你会有时间
沐浴，现在只有
前进，前进，前进！

我在自由的中国
看到了一切。
人们什么也没对我说。
川流不息的孩子们
不让我通过。
我吃了他们的米饭、水果，
喝了他们的米酒。
他们向我展示了一切
满怀着
我在罗马尼亚、
匈牙利
和波兰所看到的骄傲。
这是农民从未有过的骄傲，
他沐浴着世界
清晨的阳光，
第一次见到面粉，
第一次见到水果，
第一次见到麦苗的生长，
那时
尽管他比世界还年长，可当向你
展示稻米、葡萄和鸡蛋时，
还是没有话讲。

第一次
这一切都是他的。
全部稻谷，
全部土地，
全部生命。

当幸福已经得到，这是
多么容易，这一切
多么简单。
亲爱的，当你和我亲吻
幸福来得多么容易。
可你忘了
当你到处
找不到我时
有多少次
你心慌意乱
直至疲惫不堪。
那好，
你不知道
我也在将你寻找
我的心
痛苦、空虚，

急得乱跳。
那时我们并不知道
只要我们
决不改变，
勇往直前，
勇往直前，
你和我终将相见，
我和你终将相见。
你看，人民
也是如此：
他们不知道，
不清楚，
而且会犯错误，
但只要永不停息，
便能找到，
找到他们自己，
像你找到我一样，
那时
一切都显得容易，
其实盲目地向前，
并不简单。

必须向生活学习，
向敌人、向黑暗学习，
用他们的课本，
毛泽东在那里教导，
共产党在那里
带着柔情和严厉，
现在中国
农村的青年们，
我年轻的缪斯，
让我们不要忘记：
这一切显得
像水一样简单。
其实并非如此。
斗争不是水，
而是血。
它来自远方。
有多少死亡：
我们有多少倒下的兄弟。
整个征途
充满了牺牲的人，
我们不能忘记。

这村庄

不简单，

这空气不寻常，

它带来话语，

带来歌声，

带来面孔，

带来过去的岁月，

带来监狱，

带来

血迹斑斑的墙壁

而现在

则是甜蜜的村庄，

甜蜜的胜利。

让我们举起酒杯

为了缪斯，

为了我们不能忘却的人们，

为了那些重建家园的人们，

为了倒下的

和依然生活

在各地的人们，

因为世界是广阔的

总会有鲜血
在各处流淌，
如同
我们的血一样。
此刻
我走进
解放了的
乡村，
空气
空前的甜蜜
我呼吸
生命，
土地，
胜利。

如果我们在地表
展开双手，
到处都一样，
在这里，在帕塔哥尼亚
或海岛上。
土地总是
一样，

而此时
走进你的村庄，
面包的芳香，
炊烟的芳香，
小麦的芳香，
水和葡萄酒的芳香，
如同我的土地，
如同所有土地的芳香。
因此
我深表敬意
向这古老的土地，
她的美丽，
向她统一的农业，
向她沾满灰尘和露水的面孔，
自由闪耀
在她的笑容，
我想到我的海岸，
我的旗帜，
我的沙滩，我的浪花，
我所有的星星。
因此在那个早上
当走进中国农村时，

我在歌唱，
因为我的心
变成了六弦琴，
所有的琴弦在发声作响，
想着我的土地，
我在美洲
那里的祖国，
它们为此歌唱。
当我来到
自由的土地
这人民的家里，
一切
都显得那么简单，
那么容易，
亲爱的，就像此刻
我们亲吻在一起。

中国

中国，长久以来，有人向我们展示
专门为西方人画的你的肖像：
一位满脸皱纹的老妇人，
穷得无以复加，
拿着一个空空的饭碗
站在庙门前。

各国的士兵
出来进去，
墙壁上染着斑斑血迹，
他们抢劫你如入无人之家，
而你却给世界带来异样的清香，
茶与灰烬混在一起，
与此同时，你用古老的目光
注视着我们，在庙门前，拿着空碗。
在布宜诺斯艾利斯有人专门
把你的肖像卖给有文化的夫人们，

讲座中也会突然冒出你魔幻般的语言
宛如被掩埋在地下的光线。

对中国的朝代，大家都知道一点
当说出“明朝”或“青花瓷”
双唇会聚拢像吃草莓一样，
他们想让你成为无主的土地，
成为这样的国家：风从空空的寺庙进入
再独自唱着歌从山里走出。

他们想让我们相信
你在昏睡，
将永远昏睡在梦中，
你“神秘”，
无法理解，稀奇古怪，
你是一位讨饭的母亲，身穿破烂的丝绸，
而从你的每一个港口
远航的船只满载着宝物
冒险家们为你的遗产——矿石和象牙——
争抢不休，盘算着，
在抽干你的血以后，如何
将满载着你的骨头的船开走。

侵略者

他们来了。

从前，他们
曾将尼加拉瓜蹂躏。

曾将得克萨斯侵吞。

将瓦尔帕莱索凌辱。

至今仍用肮脏的魔爪
将波多黎各的喉咙
掐得紧紧。

他们来到朝鲜。

他们来了。

带着燃烧弹和美金，
带着毁灭、鲜血、
泪水和灰烬。

带着死神。

他们来了。

在村镇活活烧死
婴儿和母亲。

将燃烧的汽油弹
投向
如花似锦的学校。

将生命和生活摧毁殆尽。

从空中
寻找并杀死
山区
最后一个牧民。

他们割去俊俏的
女游击队员的乳房。

向床上的战俘开枪。

他们来了。

带着星星和棍棒。
还有杀人的飞机。

他们来了。

顿时只有死神。
硝烟、灰烬、鲜血、亡魂。

元素的颂歌

（1954）

ODAS ELEMENTALES

一本书没有孤独

书的颂歌（Ⅱ）

美丽的
书本，
书本，
小小的树林，
一页
接一页，
纸张
散发着
元素的幽香，
是夜曲
又是晨光，
是粮食，
又是海洋，
熊的猎手
在你古老的页面，
三桅船
在密西西比河旁，

独木舟在岛上，
然后
道路
连着道路，
揭示，
一个个
起义的
村庄，
兰波像一条鱼
遍体鳞伤
在淤泥里挣扎，
兄弟情谊的美好，
从一块块石头
上升到人类的城堡，
苦难在编织
坚定，
团结一致的行动，
暗藏的书
从衣袋
到衣袋，
地下之灯，
红色之星。

我们

行走的

诗人

勘察

世界，

生活

接待我们

在每个门中，

参加

世上的斗争。

我们如何取胜？

一本书，

一本书

充满人际关系，

衬衣，

一本书没有孤独，

和工具

和人们一起，

一本书

就是胜利。

像所有的果实

生长又落下，

不仅有光明，

不仅有

阴影，

熄灭，

落叶，

消失

在街巷，

跌落在大地上。

明天的

诗集，

再一次

会有

雪或苔藓

在你的页面，

为了脚步

或视线

刻画

自己的痕迹：

重新

为我们描绘世界，

茂密丛中的

源泉，

高高的树木，
极地的
星球，
路上
新路上的
行人，
在森林，
在水里，
在天空，
在海上赤裸的孤独中
前进，
人
在发现
最后的秘密，
人
带着书
归来，
猎人
带着书
转身，
农民
带着书
耕耘。

诗的颂歌

诗歌，五十年来
我和你
走在一起。
开始时
你绊着我的双脚
我常常
摔得趴在昏暗的地上
或者将眼睛
埋进池中
看星星。
后来你用恋人的双臂
将我缠系
像青藤
攀到我的血液里。
再往后
你变成了酒杯。

你缓缓地流
却未消耗净，
你献出取之不尽的水，
看着它
滴进烧焦的心灵
而那心灵便从
自己的灰烬中再生
啊，这是多么美好的事情。
然而
我对此并不满足。
长久地在一起
我对你不再敬而远之。
你对我不再有
水神般飘忽的身影，
我让你像洗衣妇一样劳动，
让你到面包店里去经营，
让你在简陋的机械上去织布，
让你到钢铁厂去做煅工。
你依然和我一起
漫游在世界上，
但你已不再是我童年
布满鲜花的塑像。

如今
你用钢铁的声音
演讲。
你的双手
硬得像岩石一样。
你的心灵
是钟声
丰富的泉，
你曾慷慨地加工面包，
帮助我
不再摔倒，
你为我
将伙伴找寻，
那不是一个女子，
也不是一个男子，
而是成万，成百万的人。
诗歌，我们一起
去战斗，去罢工，
去港口，去游行，
去矿井，
归来时当你的头上
沾着煤粉

或芳香的锯末
我却笑出声。
我们已不必风餐露宿。
一群一群的劳工
在等着我们
衬衣刚洗过，旗帜火样红。

诗歌啊，从前
你多么腼腆，
却总是
走在前面
而大家
都已习惯你日常
星星似的服装，
因为尽管某一个闪电
曾揭露你的家庭
你却总是将自己的任务完成，
行走在大众的步伐中。
我曾要求你
讲究实用，
像金属或面粉，
准备着接受耕种，

像工具，

面包或葡萄酒，

诗歌啊，准备着

流血倒下

以血肉之躯去斗争。

此时此刻，

诗歌啊，

谢谢你，爱妻，

姊妹、母亲

或恋人，

谢谢你，橘花，

旗帜和海浪，

音乐的发动机，

黄金长长的花瓣，

海下的钟，

永不枯竭的谷仓，

谢谢你，

我

每一天的土地，

我每一年的血液

和天上的蒸气，

因为你陪伴我
从罕见的高度上
到穷苦人
简陋的饭桌旁，
因为你将含铁
而又冰凉的味道
撒在我心上，
因为
你使普通人
变得高尚，
诗歌啊，
和你在一起
当我将自己消耗
你却继续
将自己坚定的清新
晶莹的气魄发扬，
宛似渐渐地
将我化作泥土的时光
让我的歌声
像水一样永恒地流淌。

夜间献给手表的颂歌

夜晚，我的表
宛似萤火
闪耀在你的手上，
我听到
它走动的声响：
像喃喃耳语
来自
你那看不见的手；
那时你的手
又放回我黑黑的胸膛
采撷我的梦和心的跳荡。

表，继续
用它小小的锯子
切割时间：
像在树林中
将木材的片段，

树枝或鸟巢
撒落，
一滴滴一片片，
清凉的黑暗没有结束，
寂静没有改变，
这样，表
继续从你看不见的手腕
切割着时间，时间，
就像叶片
一分钟一分钟地落下，
破损时间的纤维
像黑色细微的羽毛一般。

像在树林里
我们闻到根的气味，
水从哪里吐出
硕大的一滴
像湿漉漉的葡萄：
一盘小小的磨
在磨着夜晚，
黑暗在喃喃细语
从你手中落下

并充满大地。
夜里
我的表
从你的手上
磨着尘埃，
土地，距离。

我将手臂
放在
你看不见的脖颈
与温和的体重下面，
在我的手心里
落下了时间，
夜晚，
细微的声音
来自木头和树林，
被分割的夜晚，
阴影的片段，
不断落下的水：
那时
梦落下
从那手表

从你睡着的双手之间，
像树林
昏暗的水，
从手表流向你的身躯，
从你流向家园，
昏暗的水，
落下
并流向
我们的心田。

那个夜晚就是这样，
空间与黑暗，大地
与时间，
什么东西在跑动
落下并经过；
夜晚都是这样
在大地上徜徉，
只留下一缕
黑色的幽香，
一片叶，
一滴水
落在大地上

不声不响，
树林，水，草原，
钟，眼睛，
都已入梦乡。

我听见你在呼吸，
亲爱的，
我们睡在一起。

献给塞萨尔·巴略霍[1]的颂歌

巴略霍，
我用自己的歌
怀念
你脸上的岩石，
荒山上的皱纹，
你脆弱的身体
承载的
巨大的前额，
你刚刚出土的
眼睛里
那黑色的霞光，
那些日子，
残暴，
坎坷，

---

1 塞萨尔·巴略霍（1892—1938），秘鲁当代著名诗人，聂鲁达的好友。

每时每刻
都有不同的酸楚
或遥远的
柔情，
生命的
钥匙
在街上
尘埃的光里
战栗，
你从地下，
从缓慢的
旅途归来，
而我在
布满疤痕的山巅
敲门，
让墙壁
打开，
让道路
舒展，
我刚从瓦尔帕莱索[1]到来

1 智利的港口城市。

在马赛乘船，
大地
像一个芬芳的柠檬
分割成
清新金黄的两半，
你
留在那里，
一向
坚贞不屈，
用你的生
和死，
用你
散落的沙，
衡量
并掏空自己，
在空气
和烟雾中，
在冬天
破碎的小巷里。

在巴黎，你居住在
穷人们

残旧的客栈里。

西班牙

在流血。

我们赶过去。

然后

你又一次

沐浴着硝烟，

这样，当你

突然已不再去，

拥有你的骸骨的

不是疤痕累累的

土地，

不是安第斯山的岩石，

而是迷雾，

是寒霜

是巴黎的冬季。

我的兄弟啊，

从天和地，

生与死，

你两度流亡，

从秘鲁，

从你的河流流亡，
离开
你的家乡。
我与你生前有缘，
死后只剩空想。
我寻你
从尘埃到尘埃，
点点滴滴，
在你的土地，
黄色的
是你的脸，
陡峭的
是你的脸，
你充满
古老的宝石，
破碎的
瓦罐，
我登上
古老的
阶梯，
或许
你迷失了，

被金线
缠系，
被绿松石
遮蔽，
悄无声息，
或许是
遍地的
玉米粒，
旗帜的
种籽，
在你的村镇，
在你的族群里。
也许，也许如今
你移居
并回归，
终于
从旅途
归来，
有一天
终于
出现在
祖国的中央，

造反，

充满活力，

你水晶中的水晶，火中之火，

紫岩之光。

元素的新颂歌

（1956）

NUEVAS ODAS ELEMENTALES

我是全人类的兄弟，
义务和爱情
是我的两只翅膀。

袜子的颂歌

玛鲁·莫莉给我带来
一双袜子
她亲自
用牧人的双手
织的，
多么柔软
像两只野兔一般。
穿上袜子
双脚像伸进
两个
匣中
它们是
霞光
和羊毛织成。

海滨之花的颂歌

黑岛的野花
已经开放，
它们没有名字，
有的像白色的橘花
在沙中生长，
有的像黄色的火苗
在地上闪光。
我是田园诗人。
像猎手们
一样生活，
夜间，在海滨
点起篝火。
只有这花朵，
只有这海的寂寞，
还有你，像大地的玫瑰，
天真、快乐。
生活

要求我上战场，
我鼓起心潮，
唤起希望：
我是全人类的兄弟，
义务和爱情
是我的两只翅膀。
当我在海滨
岩石中
将这些花儿欣赏，
它们战胜了
严冬和遗忘，
等待着
发出一缕芳香，
闪耀一线光芒，
当我再一次告别
篝火、干柴、
树林、沙滩，
每走一步都使我心伤，
我是田园诗人，
本该留在这里
而不去城市的街巷。
但义务和爱情
是我的两只翅膀。

狂歌集

（1958）

ESTRAVAGARIO

清晰的时间是爱情，

消逝的时间是泪水的流淌。

我请求安静

现在我请求安静。
现在请习惯我不在你们当中。

我将闭上自己的眼睛。

我只要五件
最根本的事情。

第一是无尽的爱恋。

第二是能看到秋天。
我怎能不看落叶
飞舞并返回地面。

第三是严酷的冬天，
我热爱的雨水，火
抚摩着野外的风寒。

第四是夏天
像西瓜一样滚圆。

第五是你的眼睛，
我的玛蒂尔德，我多么爱你，
没有你的眼睛，我无法入梦，
你不看着我，我活不成：
我愿用春天
换取你注视我的眼睛。

朋友们，我要的就是这些。
微不足道却又是一切。

现在你们想走可以走了。

我已生活了这么久
总有一天你们将我忘掉，
将我从黑板上抹去：
永不枯竭的是我的心跳。

但你们不要因为我请求安静
就以为我会死亡；

对我而言，恰恰相反：
我要继续活在世上。

我会依然是我并继续活在世上。

在我的内部
将会有谷物生长，
首先是粮食
破土而出，为了看到阳光，
然而大地母亲迷茫，
因而我的内心并不明亮：
我就像一口井
黑夜将她的星星在井水里收藏
而它独自待在田野上。

我已然活了这么久
可我还想再活这么长。

我从未有过这么多亲吻，
从未觉得自己这么响亮。

此时，一如既往，时间尚早

光线带着它的蜜蜂飞翔。

让我独自将日子陪同。

我请求允许出生。

美人鱼和醉鬼们的寓言

当她全身赤裸着进去
这些先生们都在酒吧里
他们已喝醉并开始向她身上吐口水
她莫名其妙，她只是一条
刚离开河流、误入歧途的美人鱼
辱骂在她光滑的身体上流淌
龌龊覆盖了她金色的乳房
她不哭因为她不会哭泣
她不穿衣服所以才赤身裸体
醉鬼们用烟头和燃烧的软木塞给她纹身
狂笑着直至躺倒在酒吧里
她一声不吭因为她不会说话
她的眼睛流露着远方之爱的色彩
孪生的黄玉构成她的双臂
双唇剪裁在珊瑚之光
她突然夺门而出
跃进河里全身立刻变得清爽

在雨中像洁白的石头一样闪亮

重新游泳不再回头

游向永远游向死亡。

请别问我

我的心很沉重
知道那么多事情，
就像将太大的石头
盛在口袋中，
或者像在我的记忆上
雨水下个不停。

不要问我那件事情。
我不知他们在说什么。
也不知有什么事情发生。

其他人也不清楚
我便像从雾中走到雾中
心想着什么也没发生，
在街上寻找水果，
在草原寻找三色堇
而结果竟是这样：

大家都有道理
我可以安然进入梦乡。
因此在我的胸膛
不仅增添了岩石还增添了阴影，
不仅增添了阴影也增添了血浆。

小伙子，事情就是这样，
事情也不是这样，
因为，无论如何，我活着
而且非常健康，
我的灵魂和指甲都在生长
我在理发馆中间游逛，
我在边境往来，
宣布并标明我所在的地方，
然而如果人们想知道得更多
我便会迷航，
如果听见在我的家旁
有悲哀的吠叫，那是扯谎：
清晰的时间是爱情，
消逝的时间是泪水的流淌。

因此对于我的忘却，

对于我的记忆，

对于我从前和现在所知道的事理，

对于我在路途上

在诸多失去的东西中所失去的东西，

对于没听过我说话

或许想看见我的亡灵，

最好什么也不要向我打听：

请摸一摸我的坎肩，

你们会感到一个盛着深色石头的口袋

怎样在我的身体里跳动。

我们是许多人

在我和我们所是的诸多人中，
要找到一个都不可能：
他们都在衣服下面消失，
去了另一座城。

当一切都已准备就绪
为了显示自己的聪明伶俐，
可我藏匿的那个蠢货
却用我的口说出他的话语。

还有一些时候
当我在杰出的社会就寝
在自身寻找勇敢的人，
跑过来一个陌生的
胆小鬼，以我的骨架
加着千百倍的小心。

当一座高贵的房屋失火
急忙赶来的却不是
我召唤的消防员，而是纵火者，
而这就是我本人。我当然无可奈何。
我该做何选择？如何
才能恢复原来的我？

在所有我阅读的书中
都歌颂光芒四射的英雄，
他们总是充满自信：
我对他们羡慕不已，
在枪林弹雨的影片里，
我不仅羡慕骑士，
也崇敬他的马匹。

我要求的是勇士
可出来的却是昔日懒惰的我，
于是我不知道自己是谁，
也不知我或我们有多少个。
我愿一摇铃
就出来一个真正的我
因为当我需要自己的时候

我不应不见踪影。

当我写的时候，我不在场，
当我回来时又已离开：
我要看看其他人
是否发生了同样的事情，
是否那么多人都像我一样，
他们是不是像他们自己
一旦打听清楚
我要好好地学习
以便解释自己的问题
并向他们讲述地理。

爱情十四行诗100首

（1959）

CIEN SONETOS DE AMOR

在爱你之前，我曾忘记你的吻

我的心，只记得你的唇。

上午

2

爱人啊，为了一个亲吻要经过多少跋涉，
要获得你的陪伴要忍受多少漂泊的寂寞！
孤独的列车冒着雨水不停地滚动。
塔尔塔尔[1]还没有黎明的春色。

但是你和我，亲爱的，已经在一起，
从衣服到根难舍难离，
无论在秋天，在水中，在臀部两翼，
在一起的，只有我，也只有你。

想到那条河夹带着多少石头，
波罗阿[2]之水才流到了出口，

---

1 塔尔塔尔是智利北部的一个小海港。
2 位于巴西、秘鲁与哥伦比亚的界河。

想到不同的火车与国度将我们分开

而你和我却不能不彼此相爱，
与所有的人混在一起，有男人，也有
妇女，还有那种植与培育石竹花的土地。

5

不让夜晚、空气和黎明将你触摸，
只让大地和一束束鲜花的品德，
你芬芳家乡的泥土与树脂，
还有沐浴着纯洁雨露成长的苹果。

从琴查马利[1]，那里缔造了你的眼睛
到弗隆特拉[2]，为我创造了你的双足
你是我熟悉的深色漂白的泥土
我重新触摸到了小麦，在你的臀部。

1 琴查马利是玛蒂尔德出生地的一个小镇。
2 弗隆特拉是聂鲁达度过童年的地方。

阿劳科女人啊，或许你不知道
在爱你之前，我曾忘记你的吻
我的心，只记得你的唇

我宛似街上受伤的行人
亲爱的，直至我恍然大悟：
找到了自己火山与亲吻的领土。

7

“你会跟我来”，我说过，无人知道
我的痛处在哪里并如何颤抖，
对于我，没有船歌也没有石竹，
无非只有一道爱的伤口。

我重复：跟我来吧，如同我在死亡，
无人看到我嘴上淌血的月亮，
无人看到那升华到寂静的血浆。
爱人啊，此刻让我们将那带芒刺的星星遗忘！

因此，当我听到你的声音你在重复

“你会跟我来”，就好像在释放
痛苦，爱情，葡萄酒的愤怒

这酒升上来，从地下的酒窖
我口中重又感受火焰、血液、
石竹、岩石与烧伤的味道。

中午

33

亲爱的，现在咱们回家
那里的藤蔓在沿着台阶向上爬：
在你走进自己的卧室之前
赤裸的夏日已经迈着忍冬的双脚到达。

我们流浪的亲吻漫游了世界：
亚美尼亚，浓浓的蜜滴被挖掘出来，
锡兰，绿色的鸽子，扬子江
用古老的耐心将日夜分开。

现在，亲爱的，沿着劈啪作响的海洋
我们像两只盲目的鸟儿回到墙头，
回到遥远春天的巢房，

因为爱情无法不停地飞翔：

我们的生命要走向大海的岩石或峭壁，
所有的亲吻都回到了我们的领地上。

37

啊，亲爱的，疯狂的闪电和紫红色的威胁，
你来看我，从那清爽的楼梯
上到时光用雾幔为其加冕的城堡，
封闭心灵苍白的墙壁。

无人知道只有温柔
把坚硬的玻璃建造的像城垣
血液在开辟不幸的隧道
但其专制并未将冬季推翻。

因此，亲爱的，你的口，你的足，
你的光，你的痛，无不是生命的财产，
雨水和大自然神圣的馈赠

它接受并升华五谷的孕育，
窖中葡萄酒秘密的风暴，
还有粮食在大地燃起的火苗。

下午

59　G. M.[1]

可怜的诗人们啊，生命与死亡
都在迫害他们，以同样的固执，
然后便淹没在喧闹的浮华中，
被赋予纪念的仪式和葬礼的牙齿。

现在，他们——像石子般暗淡，
在狂傲的骏马后面，伸展，
行走，最终被多事者管辖，
在侍从中，不得安静地入眠。

此前，当确信死者已经归天
人们用火鸡、猪肉和其他演说家

---

1 G. M.是智利女诗人卡夫列拉·米斯特拉尔（Gabriela Mistral）名字的缩写。

将葬礼变成一场可悲的筵宴。

人们窥视其死亡并将她欺凌：
只因为她的口已经合拢
不能再发出回应的歌声。

60

曾经想祸害我的人在伤害你，
那毒药对我的攻击
宛似从我作品的网中过去
将锈迹与失眠的痕迹留给你。

亲爱的，我不愿看到那窥视我的仇恨
穿行在你的前额鲜花盛开的月亮上。
我不愿让外来的怨恨将利刃
被遗忘的无用的王冠丢在你的梦乡。

我行走，身后便有痛苦的步履，
我欢笑，便有可怕的鬼脸在模仿，
我歌唱，妒忌便嘲笑，咬牙切齿，恶意中伤。

亲爱的，那就是生活强加给我的阴影：

那是一套空洞的衣服在一瘸一拐地将我跟踪

活像一个稻草人，面带血腥的笑容。

夜晚

81

你已经属于我。请带着你的梦栖息在我的梦里。
爱情，痛苦，劳作，此时都应进入梦乡。
夜旋转在自己无形的轮子上，而在我身旁，
你纯洁得像熟睡的琥珀一样。

亲爱的，任何人都不能进入我的梦乡。
而你，将与我一起走在时间的水面上。
任何人都无法和我一起在阴影中漫游，
只有你，千日红，永恒的太阳，永恒的月亮。

你的双手打开娇嫩的拳头
让温柔的符号落下，漫无方向，
你的双眼闭上，像两只灰色的翅膀，

我跟随你带来的水，这水又带着我流淌：

夜晚，世界，风卷起自己的命运，
没有你，我不过是你的梦想。

92

亲爱的，倘若我去世而你未去世，
亲爱的，或者你不在而我尚在人寰，
咱们不给痛苦更多的领地：
我们占居的是最大的空间。

麦子中的灰尘，沙滩里的沙，
流动的水，漫游的风，时间
携带着我们像飘浮的谷粒。
我们在时间中或许不能相遇。

让我们相遇的这片草原，
啊，这小小的无限！我们归还。
但是爱人啊，这份爱并未结束，

这就如同它没有诞生
也就不会死亡，像一条长河，

只变换双唇和地方。

100

在大地中央，为了将你眺望
我会将绿宝石拨向一旁
而你会用一支信息员的水笔
将谷穗临摹在纸上。

多么美的世界！多么妙的香葱！
甜蜜中的航船多么有幸！
或许你我都是美玉！
钟声里不再有纷争。

只有自由自在的空气，
苹果的生长都沐浴着和风，
枝叶间的书本有丰富的营养：

那是康乃馨生长的地方，
我们将缔造一件衣物
经得住胜利之吻的地老天荒。

伟业之歌

（1960）

CANCIÓN DE GESTA

和哈瓦那的黑人兄弟
沿途跳舞去！

和黑人一起舞蹈

大陆的黑人，你们为新大陆
奉献了它所缺少的盐分：
没有你们，手鼓不会呼吸，
六弦琴发不出声音。
我们绿色的美洲毫无动静
直至它像棕榈一样摇摆
那时从一对黑人男女
血与美的舞蹈才诞生。
然后经受了多少苦难
砍甘蔗直至闭上眼睛
在森林中将猪饲养
将最重的石头背在肩上
洗的衣物像金字塔
扛重物将阶梯登攀
路上无人照顾分娩
既没有勺也没有盘
挨的棍子比工资多

忍受卖掉妹妹的辛酸
整整一个世纪都在磨面
每星期却只有一天能用餐
像马一样不停地奔跑，
将一箱箱布鞋分完，
手握扫把和锯子，
不是挖路就是开山，
疲惫地躺下，和死神为伴，
每日清晨再复活
用身体和灵魂舞蹈，
唱别人没唱过的歌。
心灵啊，为了将这些诉说
生命和话语都离开了我
我无法继续，因为我更愿意
和非洲的枣椰树
和乡土音乐的教母们一同去，
现在这音乐从窗口将我激励
和哈瓦那的黑人兄弟
沿途跳舞去！

全 权

（1962）

PLENOS PODERES

如果你在这条街上找我

你会找到我和我的提琴

为了所有人

本应对你说的事
突然不能对你说，
啊，原谅我，你会知道
我既未昏睡也未哭泣
尽管你听不到我的话语
从很久以来直到永远
我和你同在但未谋面。

我理解很多人在想，
巴勃罗在做什么？我在这里。
如果你在这条街上找我
你会找到我和我的提琴
准备歌唱
也准备死亡。

不是抛弃谁的问题
更不是抛弃那些人和你，

如果在雨中，你听得清，
你会听到
我回我走我停。
你知道我应该起程。

如果我说的话不容易懂，请你
不要怀疑我和原先有什么不同。
没有不结束的寂静。
当时候到了，请等一等，
大家会知道我来到了
街上，带着我的琴声。

全权

我写作为纯洁的太阳，为全街道，
为全海洋，在那里我能歌唱，
只有流浪的夜晚能阻止我，
但是我在它的打断中收集空间，
为很长的时间收集阴暗。

夜晚黑色的小麦在生长
当我的眼睛打量这草原
我从太阳到太阳将钥匙制造：
将一把把锁寻找，哪顾得黑暗
为大海打开一个个破损的门
直至用浪花将柜橱装满。

往返不会使我疲倦，
死神无法用石头将我阻拦，
存在与否我都不会厌烦。

有时我自问是从何处
是从父母还是从山峦
继承了矿石的义务，

思路属于一个燃烧的海洋
我会继续因为要继续歌唱
因为我要歌唱我要歌唱。

发生的事情无法解释
当我闭上眼睛并如同
在两条海下的水道间通行，
一条在枝杈间将我引向死亡
另一条在歌唱，为了让我也歌唱。

就这样，我由虚无构成
如同大海用白色含盐的颗粒
向礁石发动进攻
并用波浪为岩石造型，
于是死亡将我包围
却为我打开了生命之窗
我在充分的发作中入梦。
在光天化日下沿着阴影前行。

黑岛纪事

（1964）

MEMORIAL DE ISLA NEGRA

我有一个花园，它的花并不存在。

出生

一个男人出生在
很多
出生的人中。
我生活
在很多生活的人中，
没有历史
只有土地，
智利中部的土地，那里
葡萄藤卷曲自己绿色的头发，
靠阳光维持生命，
葡萄酒在村镇脚下酿成。

那地方叫帕拉尔[1]
冬季
我出生在那里。

---

1 帕拉尔（Parral）的意思是葡萄藤或葡萄园。

房屋和街道
已不复存在：
山峦
放走了马匹，
日积月累
深厚的
强权，
怒火流向群山，
村镇没落了
在地震里沦陷。
于是土坯的墙壁，
墙上的肖像，
昏暗客厅里
摇摇晃晃的家具，
不时被苍蝇打断的寂静，
都又化作灰尘：
只有我们几个人
将形体和血液保留，
只有几个人，还有葡萄酒。

葡萄酒依然存活，
脱落下来的

葡萄甚至
沿着流浪的秋天
攀升，
化作悄悄的汁液
下到酒桶
染上温柔血液的颜色，
在那里
冒着可怕土地的恐惧
继续
赤裸着维持生机。

我不记得
风景和时光，
面孔和形象，
只记得摸不到的尘埃，
夏天的尾巴和墓地，
人们
把我带到那里
在坟墓中间
去看母亲的梦想。
由于我从未见过
她的脸庞，为了见到她

我在那些死者中呼唤，
但是她和那些被埋葬者一样，
不懂，不听，什么也不回答，
就这样，孑然一身，没有儿子，
在阴影中间
孤苦伶仃地躲藏。
我出生在那里，
那颤抖的土地上的帕拉尔，
满载葡萄的土地
而葡萄藤，从我死去的母亲
那里诞生。

亲娘[1]

亲娘从那边来了，
踏着木屐。昨晚
极地的风，
刮破了屋瓦，
使墙壁和桥梁垮塌，
美洲狮整夜怒吼，
此刻，清晨
太阳已被冻结，亲娘
堂娜特立尼达·马尔维尔德
来了，多么温柔
就像暴风雨地区
太阳小心翼翼的清爽，
像小小的灯盏
熄灭

1 这是诗人回忆继母的诗。标题La mamadre是诗人发明的词，意思是“比娘更亲的娘”，在此姑且译作“亲娘”。

又点着，
只为将大家脚下的路照亮。

温柔的亲娘啊
——我从不能
说出继母二字——
此刻，我的口
因为说出这样的称呼而发抖，
因为在我
还不懂事时
就看到穿着可怜黑衣的善良，
看到最实用的圣洁：
水和面粉，
那就是你：生活使你化作面包
生活中我们在将你消耗，
漫长而又荒凉的冬季，
房间里
漏着雨滴
你无处不在的谦卑
在为可怜的粗粮
脱粒
就像在分配

一条宝石的水渠。

娘啊，如果不想你
我如何能
度过生命的每一分钟？
绝无可能。我在血液中
带着你“蓝色的大海”[1]，
那分配面包的
姓氏，
那双
温柔的手
割开面粉口袋
和我儿时的内裤，
做饭，洗衣，熨烫，
播种，帮我退烧，
当她将一切安排好
我已能站稳双脚，
她走了，躲进小小的棺木，
默默无闻，完成了使命，
第一次休闲
在特木科冷酷的雨中。

---

1 诗人继母的姓氏Marverde是“绿色海洋”的意思。

父亲

粗暴的父亲
从他的列车回来：
夜间
我们能分辨
火车头的
汽笛声
用流浪的咆哮，
夜晚的抱怨，
穿透雨水
然后是
颤抖的门：
一阵风和父亲
一起进来
在双脚的践踏和压力下
房屋
摇晃，
吃惊的门

相互碰撞

发出

低沉的手枪设计的声响，

台阶呻吟

伴着大声的斥责，

满怀敌意，

与此同时那威猛的阴影，

瓢泼似的雨水

从屋顶冲下

渐渐窒息了

世界，

只听得风声

在和雨水抗争。

然而，要是白天。

列车的车长，寒冷的凌晨，

朦胧的太阳

刚刚破晓，他的脸庞已在那里，

他的小旗

红的绿的，信号灯已备好，

机器的用煤已在它的地狱，

站台上列车沐浴着雾气

任务是开向各地。

铁路职工是陆地上的海员
在没有机器的港口——
树林的村落——火车奔跑不停，
对大自然放纵，
完成在大地上的航行。
当长长的列车在休息
朋友们聚在一起，
进来，我儿时的门打开，
伴随铁路职工之手的拍打
餐桌在摇晃，
兄弟们粗大的杯子相撞
眼睛里闪着
葡萄酒的
光芒。

我可怜而又坚强的父亲
在那里，在生活的轴心，
男子汉的友谊，斟满的酒杯。
一种飞快的军旅生涯
在他的清晨早起和旅途之间，

在其到达为了跑着离开之间，
有一天的雨水超过其他的日子
司机何塞·德尔·卡门·雷耶斯
登上了死亡的列车至今未还。

诗歌

在那个年纪……诗歌
来找我。我不晓得，不晓得
它来自何处，冬天或河流。
不知如何并何时，
不，不是声音，不是话语，
也不是静寂，
但是它从一条街道呼唤我，
从夜的枝条，
突然在其他人中，
在烈火中
或独自归来，
没有面孔
在那里并将我抚摩。

我不知说什么，我的口
不会
发声，

眼睛已经失明，

有什么在我的灵魂中冲撞，

热度或是迷失的翅膀，

我独自行走，

揣摩着

那个烧伤，

并写下了那空泛的第一行，

空泛，无形，

纯粹愚昧，

无知者

纯粹的智慧，

突然只见

天空

打开

并散落

群星，

跳动的种植园，

被箭、火和花朵

穿透的

黑暗，

不可抗拒的夜晚，天地人间。

我，渺小的存在，
沉醉于伟大的
布满繁星的天空，
和神秘形象
相似，
我觉得自身变成
那深渊纯洁的一部分，
我和繁星一起滚动，
我的心放飞在风中。

真理

理想主义和现实主义，我爱你们
犹如水和岩石
你们
是世界的组成部分，
是阳光和生命之树的根。

哪怕是在死后
我也不会把眼睛闭上，
为了学习，我还需要它们，
用来观察和理解我的死亡。

我需要口
为了在消亡之后歌唱。
还有我的灵魂，双手，身体，
爱人啊，为了继续爱你。

我知道这不可能，可这是我的心意。

我爱那只有梦想的东西。

我有一个花园，它的花并不存在。

我是三角形的，对此坚信不疑。

我还怀念自己的耳朵，
但却让它们蜷缩
在马拉戈塔[1]共和国腹地
漂浮的码头里。

对肩上的理智，我还能做什么。

我想发明每一天的海洋。

一位专画士兵的伟大画家
有一次来将我看望。
士兵全是英雄，那位好人
描绘他们，兴高采烈地

---

1 Malagueta是一种水果的名字，又似和西班牙南方海港马拉加（Málaga）有关联。

死在战场上。

他也画现实主义的奶牛
它们都极不寻常
不禁令人永久地忧伤
像牛的反刍一样。

排泄与恐怖！我读过那些小说
无休止的善良
还有那么多关于五月一日
以至我现在
只能写关于五月二日的诗行。

好像是人类
将风景挫伤
可从前拥有天空的大路
如今用商业的顽固
将我们压得疲惫难当。

对于美往往也是这样
似乎我们不愿购买
便随心所欲将它包装。

一定要允许美女
和最不能接受的美男子
日夜舞蹈：
我们不应强迫她服用
地道的避孕药。

事实呢？同样，毫无疑问，
不过在使我们增添，
使我们扩展，使我们感到严寒，
无论在面包还是在灵魂的层面
都在将我们编撰。

悄悄地说！我命令
纯洁的树林，
秘密地将自己的秘密
告诉真理：不要如此地自我阻拦
以至使你硬化成谎言。

我什么也不指导，
从不引领方向，因此
将自己歌唱的错误珍藏。

世界末日

（1969）

FIN DEL MUNDO

但我天生是个行者

两手空空

诗的艺术（Ⅰ）

作为木匠诗人
我首先要选择木料
光滑或粗糙，准备好：
摸摸味道，
闻闻颜色，手指掠过
芬芳的整体
系统的寂静，
直至我入睡或出神
赤裸或沉浸
在木料的健康：
在其周边上。

我做的第二件事
是用冒着火星的锯子
锯刚刚选好的木板：
诗句从木板中来
犹如被解放的碎片，

芳香，强健，遥远
为了我现在的诗
有船体，船舱，地板，
或在路边挺立，
或在大海定居。

作为面包师诗人
我要准备火，面粉，
酵母，心灵，
甚至牵扯到用双肘
揉合炉中的光明，
语言碧绿的水分，
为了做成面包
并在面包店卖掉。

我是天生的铁匠，
不晓得人们是否知道
或至少知道我
在为大家也为我
获取一种钢铁的诗歌。

在这等公开的呵护下

我没有炽热的依从：
我是五金店孤独的职工。

我寻找破损的马掌
带着自己的废品迁移
到另一个无人居住的地区，
它被风吹得十分清晰。
我在那里找到新的金属
并将他们变成话语。

我晓得自己形而上
教科书的经验
对诗歌派不上用场，
但我仍让指甲
向工作发起猛攻
那是我亲自用双手
学会的可怜的药方：
如果能够证明
它们对诗歌创作无用
我立刻表示赞同：
我提前撤退
对未来面带笑容。

诗的艺术（Ⅱ）

我什么也未发现，
当我从这个世界经过
一切早已被发现。
如果从这些方面回来
我会要求发现者们
为我保留：
一座无名的火山，
一首陌生的情歌，
一条秘密的河流之源。

我向来敢于冒险
却从未有过险情
我遇到的事
都在心中，
因而我辜负的是
胡安，佩德罗，玛丽亚，
无论多么努力

都离不开我的家。

我满怀嫉妒地
观察不停的授精过程，
精子卫星般的周期，
一个个骨架的补充，
我在绘画中看到
那么多迷人的方式
我还没来得及适应时尚
时尚已踪迹渺茫。

悲惨世纪

流放者的世纪，
流放者的书，
褐色的世纪，黑色的书，
这是我应在书里
写下并公布的东西，
从这世纪中将它挖掘
并让它在书中留下斑斑血迹。

我曾生活在森林中
迷失者的荆棘丛：
在各种惩罚的森林里。
我数过被砍断的手
骨灰堆成的山峰
分别的抽泣
没有头的头发
没有眼的眼镜。

后来我在世界
寻找失去祖国的人们
我从那里
带走他们被打倒的小旗
或雅各[1]的星星
或可怜的留影。

我同样见识过流放。

但我天生是个行者
两手空空
回到这认可我的海洋，
但依然是他者
是被根除者，
他们将爱与过失
留在身后
想着或许或许
知道永无永无出头之日
于是轮到我抽泣

---

1 雅各是《圣经》中的人物，是犹太人的祖先之一，“雅各的星星”代表非犹太人将认可耶稣是救世主的预言。

这是失去故土的人们
沾满灰尘的抽泣
他们和我的兄弟姐妹
（留在那里的人们）
共同庆贺胜利的建构
庆贺新的面包的丰收。

附录

在接受诺贝尔文学奖时的演说

（节译）

女士们、先生们：

我没有从书本上学到任何作诗的诀窍：我也不会把什么奉告、方法或风格之类的东西印成书本，新的诗人不会从我这里得到一点一滴的所谓智慧的结晶。如果我在这篇演说中叙述了某些往事，如果我在这个极不寻常的场合和地点回顾了某个难以忘怀的故事，那是因为在我人生的旅途中，总是在某个地方得到必要的信念，得到那等候着我的方案，这并不是为使我的发言变得充实，而是为了表达自己的感情。

在漫长的旅途中，我找到了炮制诗歌必要的配方。那是大地和心灵对我的奉献。我认为诗歌是一时的、庄严的举动，孤独与声援、情感与行为、个人的苦衷、人类的私情、造化的暗示在诗歌中同时展开。

我同样坚信，一切——人及其影子、人及其态度、人及其诗歌——都维持在一个日趋广阔的范畴里，维持在一种永远构成我们的现实和梦幻的活动中，因为这样便能将它们联系在一起，融合在一起。我同样肯定地说，经过这么多年以后，我们不知道自己在渡过湍急的河流，围着牛的头盖骨跳舞以及在最高地带圣洁的水中沐浴时所得到的启示，究竟是为了日后与其他人交流而发自内心的灵感，还是其他人作为要求和召唤而向我传递的信息。我不知道那究竟是我的经历还是我的创作，不知道我当时所创作的诗句以及后来所吟咏的感受究竟是事实还是诗歌，是过渡还是永恒。

朋友们，由此产生了一种诗人应当从其他人身上学到的启示：没有冲不破的孤独。条条道路汇合到同一点：我们的交流。只有打破孤独、坎坷、闭塞和寂寞，才能达到神奇的境界，我们才能在那里笨拙地舞蹈或伤心地歌唱；意识最古老的传统得到了完美的体现，这是作为人的意识和相信共同命运的传统。

的确，即使某些人或者许多人都认为我是个宗派主义者，认为我不可能出席友谊和信义的共同筵宴，我也不愿为自己申辩，我认为指控或者申辩都不包括在诗人的义务之中。更何况任何诗人都不曾是诗歌的经营者，如果他们中间有人专门指控同行，或者想以反驳合理的或者荒谬的责备来消磨一生，我坚信只有空虚才能将我们引入这样的歧途。我认为诗歌的敌人并不在那些创作或保卫诗歌的人们中间，而在于诗人自己缺乏和谐。因此，任何诗人的实质性的敌人都只在于诗人自己缺乏和谐。因此，任何诗人的实质性的敌人都只在于他自己的无能，在与最爱愚弄和最受剥削的同辈人相互理解方面的无能，这一点对任何时代和任何地区都是适用的。

诗人并不是一个“小小的上帝”。不是，不是“小小的上帝”。诗人并非命中注定地要比从事其他工作或职业的人高明。我常说最好的诗人就是每天为我们提供面包的人：离我们最近的面包师，他并不认为自己是上帝。他要完成既高尚又平凡的工作，作为公共义务，他每天都要和面，装炉，烘烤，送货。如果诗人也有这种朴实的意识，他同样会使自己变成一种美好的工艺，一种简单或复杂建设的组成部分，这种建设是社会的建设，是人们生活条件的转变，是商品的供应：面包，真理，酒和梦想。如果诗人投身于这场没有止境的斗争，其目的是使每个人都为他人尽义务，都将自己的精力和感情献给人类共同的日常工作，他就会分享全人类的汗水，面包，酒和梦想。只有沿着这条普通人不可回避的道路，我们才能使诗歌重返广阔的天地，这正是人们在各个时代为它开辟的天地，也就是我们要在各个时代为它开辟的天地。

将我引向相对真理的谬误以及一再将我引向谬误的真理，它们从未允许我——我对此也从未抱过奢望——指导所谓创作的过程，也就是文学的崎岖小径。不过，我倒是真的发现了一件事情：我们在创造自我愚弄的神话。在我们自己所制造或者要制造的泥塘中，会产生阻止我们将来发展的重重障碍。我们不可避免地要走向现实主义道路，就是说，对于我们周围的事物及其转化的过程，势必会产生直觉，然后在似乎为时已晚的时候便会懂得，我们造成了一种如此夸大的局限性，以致扼杀了生命，而不是使它发展和繁荣。我们不得不接受一种现实主义，事后它对我们来说，比建设用砖还要沉重，当然我们并没有因此而建成作为自己全部义务的大厦。从相反的意义上说，如果我们创造了不可思议的（或者只有极少数人能够理解的）偶像，如果创造了这种精雕细镂却又莫名其妙的偶像，我们立刻就会陷入难以自拔的沼泽，那里充满令人颤栗的落叶、淤泥、迷雾，我们的双脚会越陷越深，一种令人窒息的闭塞会将我们吞没。

至于我们这些人，作为幅员辽阔的美洲的作家们，我们坚持不懈地听从召唤，用有血有肉的人物来充实这巨大的空间。我们对自己作为开拓者的义务非常清醒——同时，在一个人烟稀少的世界中，批评报导是我们的基本职责，在这个世界上，并不因为人烟稀少而缺乏酷刑、痛苦和不公正——而且我们也感到了搜集古老梦想的使命，这种梦想沉睡在石雕上，在古老的断碣残碑上以便将来别人可以安置新的标记。

不管是真理还是谬误，我都要将诗人的这种职责扩展到最大限度，因而我决定了自己在社会当中和在人生面前的态度，同样应当是平凡而又自成体系的。目睹光荣的失败、孤独的胜利和暗淡的挫折，我做出了这样的决定。置身于美洲斗争的舞台，我懂得自己对人类的职责就是投入到组织起来的人民的巨大努力之中，将自己的心血和灵魂、热情与希望全部投入进去，因为作家和人民所需要的变革只有在这汹涌澎湃的激流中才能诞生。尽管我的立场会引起或者已经引起令人痛心或是出于好意的责备，然而事实是，在我们这些辽阔而又残酷的国度里，如果我们想驱除黑暗，如果我们想叫千百万不能阅读我们的作品而且根本就不会阅读的人，叫那些不会给我们写信而且根本就不会动笔的人在尊严的领地上自立——没有尊严便不可能成为完整的人——那么对于作家来说，除此之外，我还没找到别的道路。

我们继承了数百年拖着镣铐的人民的不幸的生活，这是最天真的人民，最纯洁的人民，曾经用岩石和金属造就了奇迹般的塔楼和光彩夺目的珠宝的人民，突然被至今尚存的可怕的殖民主义时代征服并使之失去了声音的人民。

我们主要的救星就是斗争和希望。但是斗争和希望不会是孤立的。遥远的时代，麻木不仁，谬误，热情，我们今天的迫切需要，历史的迅猛发展，都集中在人的身上。但是，比方说，如果我只是对伟大的美洲大陆过去的封建制度做出了某种贡献，那我会怎么样呢？如果我不是自豪地感到对祖国目前的变革尽了微薄的力量，又如何抬得起由于瑞典授予我的荣誉而容光焕发的额头呢？应该看一看美洲地图，应该正视那伟大的万千气象，正视我们周围环境的宏伟壮观，这样便会懂得为什么许多作家拒不接受昏聩的天神们强加给美洲人民的耻辱和被掠夺的过去。

我选择了分担义务的困难道路，不愿对普照社会的中心人物顶礼膜拜，情愿虚心地将我的能力献给那支大军，它在征途中会犯各种错误，但却时刻不停地前进，既要对付不合时宜的顽症，又要对付急不可耐的狂徒。因为我认为，诗人的职责不仅向我表明了与玫瑰、和谐、狂热爱恋和无限乡愁的密切关系，同时也向我表明了与人类艰巨任务的密切关系，我已经将这种任务与自己的诗歌融为一体。

恰恰是在一百年前的今天，一位可怜而又卓越的诗人，一个最痛苦的失望者，写下了这样的预言：黎明的时候，怀着火热的耐心，我们将开进光辉的城镇。

我相信兰波的预言，他有预见性。我来自一个偏僻的省份，由于地理条件，这个国家与世隔绝。我曾经是诗人中最孤单的人，我的诗歌是地区性的，痛苦的，阴雨连绵的。然而我对人类却一向充满信心。我从未失去希望。也许正因为如此，我才能带着我的诗歌，同时也带着我的旗帜来到此地。

最后，我要告诉善良的人们，告诉劳动者和诗人们，兰波的那句诗表明了整个前途：只有怀着火热的耐心，我们才能攻克那光辉的城镇，它将给人类以尊严、正义和光明。

这样，诗歌才不会是徒劳的吟唱。

聂鲁达生平年表

1904　出生于智利帕拉尔（7月12日）。

1910　进入特木科中学。

1915　写作了第一首诗，献给继母。

1917　第一次发表文章。

1920　结识加夫列拉·米斯特拉尔。确定以巴勃罗·聂鲁达为笔名进行创作。中学毕业，到圣地亚哥寻找大学。

1921　进入大学学习。诗歌《节日之歌》获得智利学生联合会主办的诗歌比赛一等奖。

1923　第一本诗集《晚霞》出版。

1924　《二十首情诗和一支绝望的歌》出版。

1926　发表《奇男子的尝试》、《戒指》和小说《居民及其希望》。

1927　任驻仰光领事。

1930 在爪哇同玛丽娅·安东涅塔·哈格纳尔结婚。

1931 结束在东方的领事生涯。

1932 回到智利。

1933 《热情的投石手》、《大地上的居所》(1925—1931)出版。任驻布宜诺斯艾利斯领事。结识加西亚·洛尔卡。

1934 任驻巴塞罗那领事。由加西亚·洛尔卡介绍，在马德里大学举行诗歌朗诵会，并做演讲。认识黛丽娅·德尔·卡利尔。

1935 任驻马德里领事。西班牙出版《西班牙诗人向巴勃罗·聂鲁达致敬》。《大地上的居所》(1925—1935)在西班牙出版。

1936 西班牙内战爆发，开始写作《西班牙在心中》。被免去驻马德里领事一职。同第一任妻子分居。同黛丽娅结合。

1937 在法国成立支援西班牙委员会。回到智利。《西班牙在心中》在圣地亚哥出版。

1939 任智利驻法国负责西班牙移民事务的领事。部分西班牙流亡者乘坐“温尼伯号”离开欧洲，到智利生活。《愤怒与痛苦》在圣地亚哥出版。

1940 《巴勃罗·聂鲁达的诗歌与风格》出版。任智利驻墨西哥总领事。

1943 领事生涯结束。《智利漫歌：片段》在墨西哥城出版。

1945 被选为参议员。获国家文学奖。

1946 认识玛蒂尔德·乌鲁蒂娅。

1947 《第三居所》（1935—1945）在布宜诺斯艾利斯出版。《马丘比丘的高度》在圣地亚哥出版。

1948 在参议院发表演说《我控诉》。被智利最高法院剥夺议员特权，遭全国通缉。

1949 翻越安第斯山，逃出智利，开始海外流亡。

1950 《漫歌》在墨西哥城出版。

1952 《船长的诗》在意大利匿名出版。流亡结束，回到智利。

1954 庆祝五十诞辰。《葡萄和风》在圣地亚哥出版。《元素的颂歌》在布宜诺斯艾利斯出版。将藏书和贝壳等其他收藏品赠与智利大学。

1955 同黛丽娅分手，和玛蒂尔德搬进“查斯寇纳”。

1957 在布宜诺斯艾利斯出版《颂歌第三卷》；同年在同一出版社出版全集，1962年出版两卷本；1973年出版三卷本。

1958 在布宜诺斯艾利斯出版《狂想集》。

1959 在布宜诺斯艾利斯出版《出海与返航》；在圣地亚哥出版《爱情十四行诗100首》。

1960 在古巴美洲之家出版社出版《伟业之歌》。

1961 《二十首情诗和一支绝望的歌》出版第一百万册。在布宜诺斯艾利斯出版《智利的岩石》；在同一家出版社出版《礼仪之歌》。

1962 在布宜诺斯艾利斯出版《全权》。

1964 庆祝六十寿辰。在布宜诺斯艾利斯出版诗体回忆录《黑岛纪事》。

1965 获牛津大学哲学与文学荣誉博士学位。

1966 同玛蒂尔德办理法定结婚手续。在圣地亚哥出版《鸟的艺术》。在巴塞罗那出版《沙滩上的家》。出席在纽约举行的世界笔会。

1967 玛格丽塔·阿吉雷为聂鲁达所写传记出版。在圣地亚哥Zig Zag出版社出版《华金·穆列塔的光辉与死亡：1853年7月23日在加利福尼亚被不公正处决的强盗》；在布宜诺斯艾利斯出版《船歌》。

1968 在布宜诺斯艾利斯发表《白昼之手》；获美国文学艺术学院名誉院士称号。

1969 在智利出版《世界末日》《依然》。获智利议会银质奖章。获智利天主教大学荣誉博士。被提名为总统候选人。

1970 在圣地亚哥发表《海啸》；在布宜诺斯艾利斯

出版《燃烧的剑》《天空的石头》。

1971 任驻法国大使。获诺贝尔文学奖（10月21日）。

1972 在布宜诺斯艾利斯出版《无用地理学》。

1973 于9月23日在圣地亚哥逝世。在布宜诺斯艾利斯出版《处死尼克松和赞美智利革命》、《孤独的玫瑰》和《海与钟》。

聂鲁达的遗著《冬天的花园》《黄色的心》《2000年》《疑问之书》《挽歌》《挑眼集》于1974年出版。这六本诗集写于诗人生前最后几年，他本想在1974年七十岁生日时一齐出版，作为献给智利人民的礼物。此外，他的遗著还有回忆录《我坦言曾历尽沧桑》和1978年出版的《爱情书信集》和《我命该出世》，1980年出版的青年时期的诗文集《看不见的河流》，1996年出版的《特木科笔记》和2002年出版的《我控诉：议会演说集》（1945—1948）。

聂鲁达和玛蒂尔德的遗体于1992年一同迁回黑岛安葬。

（以上根据聂鲁达官方网站所辑译出。）